내면 평화는 내가 나에게 주는

최고의 선물이다

_____ 님께 이 책을 드립니다.

김형식 지음

내면 평화는
내가 나에게 주는
최고의 선물이다

생각나눔

머리말

　　우리가 살아가는 인생길에서 가장 먼저 할 일과 행복한 사람은 누구일까요? 그것은 지구촌의 가족 수만큼 다르겠지만, 저는 내가 누구인지 아는 것이며 고통과 괴로움에서 벗어나 내면의 행복을 찾은 사람이라고 말하고 싶습니다. 좀 더 행복한 사회와 평화로운 지구촌은 고사하고 우리는 지금도 반목과 시기 질투로 여전히 지구촌은 시끄럽습니다. 인간으로 지구에 태어난 사명은 이것이 아닌데 이렇게밖에 살지를 못할까를 말입니다.

　　그리고 우리 사회와 지구촌에는 참나를 깨달아도 양심을 되찾아도 하나님의 성령을 회복하여도 1% 부족한 것은 과거의 습성이 그대로 남아 있어 개인과 사회가 변화하지 않는다는 것입니다. 지금까지 이것에 대한 명쾌한 답변을 내놓지 못하는 오늘날, 우주 자연의 확고부동한 영성을 경험한 사람은 작금의 지구촌에 연민심이 올라와 그동안 인생을 다 바쳐 사유한 지혜를 우리 사회와 지구촌의 가족들에게 나눕니다.

그동안 우리는 반쪽짜리 명상과 묵상을 해왔고 진정한 몸과 의식이 함께하는 것이 아닌 '관념적인' 명상과 묵상을 하다 보니 인간의 영성을 바르게 경험하지 못하는 과오를 남겼습니다. 그러나 인간만이 지니고 있는 영성으로 진정한 내면의 평화를 온전하게 체험하기만 한다면 인간은 누구나 다 순한 양이 되어 상대를 이롭게 하는 삶을 살 수밖에 없다는 자명한 진실을 수년 동안 사유하였습니다. 이 책은 그동안 우리가 소홀히 하고 공부하지 않았던 것을 통하여 진정한 내면의 평화를 회복하기 위해 안내하고 있습니다.

그리하여 제일 먼저 이 책을 역대 지구촌 성인분들게 찾아가서 이 책을 바치오니 모두들 하시는 말씀이 왜 이제야 이런 통쾌하고 시원한 이야기를 가지고 왔냐고 저한테 호통 반 칭찬을 주셨습니다. 이미 당신들 역시 다 이런 과정을 거쳐서 깊은 영성을 체험하였다고 말씀을 하시면서 이제 이 책 한 권으로 지구촌이 다 해쳐 모여 새로운 명상과 묵상을 전하라는 특명을 받아 전하는 바입니다. 여기에는 기독교, 불교, 천주교, 이슬람이 없고 오직 우리는 동일한 인간에 내면의 평화만 있을 뿐입니다.

기존의 고정관념을 버리고 이 책을 공부하시면 여러분들이 공부하는 그 모든 것에 지혜가 증장하여 꽃을 피워 향기가 남을 확신합니다. 저 허공에는 장벽이 없다 보니 구름은 자유롭듯이 내가 세운 벽을 허물면 진작 내가 인간으로서 더 온전한 평화를 누릴 수가 있습니다. 마음에 색안경을 끼고 이 책을 보시면 여전히 어둡지만, 이것이 역대 성인분들이 다 공부한 것이라고 믿으면 더 신심이 깊어지리라 믿습니다.

지구촌에 인간의 몸을 받은 사람은 다소 시간이 걸리더라도 꼭 이 책을 공부하시고 이웃에게 전하여 우리가 본래 지니고 있는 인간 본연의 영성을 온전하게 체험하여 진정한 내면의 평화를 회복하시기를 간절히 기도합니다. 더 하고픈 말, 전하고 싶은 말이 있지만, 이 내면의 여행에서 갖추어야 할 덕목인 침묵과 텅 빈 충만이 주는 여백으로 여러분들과 마음을 교감하면서 머리글을 마칩니다.

끝으로, 이 책이 나오기까지 비닐 움막 수행자의 영혼을 맑혀준 계방산 자운대 골바람 스승님께 법공양을 올리며, 또한 출판에 도움을 주신 용환, 금강, 청산, 일원화, 난디다 님에게 진심으로 감사를 올립니다.

2024년 3월 18일 청명한 봄날 계방산 자운대에서

지구촌 평화 연민 치유사 김형식(자비) 두 손 모음

목차

제2장 내면의 평화를 회복하는 1단계

제3장 내면의 평화를 회복하는 2단계

제4장 내면의 평화를 회복하는 3단계

제1장

우리가 그동안
소홀하였던 것은
무엇인가?

쉬어가는 오두막

이 책이 안내하는 끝은 몸은 건강하고 마음은 행복하며 우리의
영혼은 평화로워 늘 어디에 서 있든 숨만 쉴 수 있다면 존재로서
행복하여 내면의 평화의 노래가(무심에서 나오는 정신적 지복감) 흘
러나와 나와 세상에 도움이 되는 삶을 살고자 함입니다.

지금까지 우리가 하는 공부론 1% 부족함을 느끼기에 그 부족
하였던 공부를 안내하고자 합니다. '간략하게 그간 우리가 소홀
하였던 중요한 핵심만' 안내하니 희망을 가지시고 끝까지 공부
하시면 내면의 평화를 회복할 수 있습니다.

✧ 깊은 선정과 묵상이 주는 영적 평화로움을 승화시키지 못했다

이 문제는 지금 우리 사회와 지구촌의 문제입니다. 명상과 묵상을 하지만 인간의 영성을 180도 돌려놓지 못하는 명상과 묵상을 지금까지 해오다 보니 지구촌이 이렇게 시끄러운 이유 중의 하나입니다. 그런데 몸 수련을 하여 깊은 선정과 묵상을 바르게 체험하면 인간은 누구나 순한 양이 되어 보편적인 삶을 살며, 더 이상 반목과 질투에서 근본적으로 변화할 수가 있습니다. 이것은 엄청난 지구촌의 연구대상 대 프로젝트입니다. 그리고 깊은 선정에 들어 그 지혜를 이미 우리 사회와 지구촌이 궁극의 행복으로 가는 세계 평화의 메시지를 6번이나 발표를 하였습니다. 이제 우리는 이 부분을 사유할 때인 것입니다.

✧ 가슴(호흡 신경)을 이완하지 못하고 그동안 명상과 묵상을 해왔다

횡격막의 모세혈관을 이완하지 못하고 명상과 묵상을 그동안 하다 보니 우리가 지닌 인간의 영성을 온전하게 경험하지 못하는 과오를 범했습니다. 가슴을 이완하지 못하고는 명상과 묵상이 주는 영성의 극치를 경험할 수가 없습니다. 이제 우리는 횡격막의 모세혈관을 이완시킬 때입니다.

✍ 사유하기: 온전하게 체험하지 못함을 식물과 다른 예를 들어 설명하여 보면 이렇습니다.

＊장미 한 송이가 개화하려면 따뜻한 햇볕이 있어야 꽃망울이 열려 향기를 낼 수 있습니다.

＊목욕탕에 가서 탕에 들어가지 않고 샤워만 하고 나오면 좀 개운하지 않듯이 탕 속에 있을 때 몸과 의식의 이완으로 더 순수한 나를 만날 수 있듯이 말입니다.

＊겨울철 하우스에서 곰취는 돋아나지만 향기가 없습니다. 오월의 따뜻한 햇살을 받아야 성숙하여 향기를 품을 수 있듯이 말입니다. 이같이 몸과 의식의 조화가 이루어지면 깊은 명상과 묵상을 온전하게 경험하면 인간의 세포로 변화시킬 수 있듯이 우리의 삶이 변화되는 것입니다. (오직 상대를 이롭게 하며 살 수밖에 없다는 것이 저의 결론입니다.)

✧ 내면의 평화를 그동안 관념적(의식)인 공부로 찾았다

물론 이 말에 전적으로 다 공감할 수는 없지만, 그동안 우리는 몸 수련을 하지 않고 의식적인 수련만 하다 보니 진정한 내면의 평화를 경험하는 것 역시 소수에 불과하였습니다. 몸과 의식의 조화가 만들어내는 내면의 평화는 인간의 삶을 변화시킬 수 있는 힘을 지니고 있습니다. 명상과 묵상을 통하여 인간의 삶의 습관이 변화되게 하는 게 내면의 평화가 주는 감동인 것입니다. 이렇게 되고자 함은 몸 수련이 함께할 때 감동이 나올 수가 있습니다. 지금처럼 의식적인 명상과 묵상은 과거

에는 맞았지만 오늘날 우리는 한마디로 더 오염되었기에 근본적인 수
술이 필요한 것입니다. 몸과 의식의 조화에서 나오는 내면의 평화는 인
간을 변화시킬 수 있는 힘을 지니고 있습니다. 이 다변화된 오늘날 인
간의 심성을 곱게 하는 길은 본래 우리가 지닌 태초의 영성으로 회복
하는 길입니다.

✧ 우리가 코로나 19에서 영성의 지혜를 말하지 못한 것은 이것이 부족하였기 때문입니다

지금까지 우리가 공부한 논리와 지식으로 우리는 코로나 19의 거대
한 장벽 앞에 백신이 아니면 이것을 벗어날 수 없다고 답을 내놓지 못
한 경험이 있었습니다. 전문 지식을 충분히 갖추고도 삶의 두려움이나
불안함에서 벗어나지 못하고 또한 수십 년 수련하여도 진전이 없는 것
은 우리가 해야 할 대자연의 공부와 인간과의 연기에, 한마디로 기초가
부족하다 보니 진리를 만나도 공감과 사유가 깊어지지 못하여 확신을
얻어 내지 못하는 것입니다. 그것이 왜 그렇게 되며 그런 말씀이 왜 나
왔는지에 대한 논리적 사고가 없다 보니 진리를 공부하여도 그것을 삶
의 지혜로 끌어내지 못하는 아쉬움이 있다는 것을 알게 되었습니다.

우주 자연의 핵심인 원자의 진동원리와 인간의 세포, 그리고 몸 수련
을 통하여 이 세 가지를 나의 몸을 통하여 깊은 선정과 묵상을 체험하
여 보았다면 누구든지 영성의 지혜를 밝힐 수가 있습니다. 그만큼 깊은

선정과 묵상을 온전하게 체험하면 우리가 부족하였던 점을 찾을 수가 있었던 것입니다.

✧ 호흡이 지닌 비밀에 관한 공부가 부족하였다

0에서 출발하여 중간중간에 길을 잃고 헤매고 그러다 선지식을 만나서 한두 마디를 끝까지 사유하다 보니 마른 장작은 불쏘시개가 필요 없듯이 스스로 물 리가 터져 이런 말씀에 확신을 가질 수가 있었습니다. 그만큼 인간의 삶에서 호흡의 이치를 알고 호흡을 공부하여야 도움이 되며 호흡을 알면 명상과 묵상은 물 흘러가듯 자연스럽게 우리가 소망하는 길에서 더욱 자신감을 찾을 수가 있습니다. 호흡은 '내쉴 호(呼)'와 '들이마실 흡(吸)'인데, 여기에서 중요한 것은, 내쉬는 것이 먼저고, 들이마시는 것은 나중이라는 뜻입니다. (탁기가 나가야 양질의 산소가 들어올 수가 있는 것입니다.)

그만큼 우리의 선조님들은 호흡이 우주 자연의 깊은 뜻과 연관되어 있음을 아셨고 또한 호흡과 인간의 몸과 의식이 연관되어 움직인다는 것도 이미 이 말속에는 다 포함이 되어 있다는 것으로 풀이되지만, 여전히 이런 한 생각을 풀기는 쉽지가 않습니다. 저 역시 둘러둘러 다시 원점으로 돌아와 보니 호흡은 인간의 의식의 정신줄(신경)과 아주 밀접하게 연관되어 있다는 것입니다. 다시 말해 호흡을 장악하면 마음은 평온 모드로 들어가지만, 호흡은 자율신경이기에 마음대로 조절하는 것이 아닙니다. 그 자율신경을 몸과 의식의 수련을 통하여 얼마나 장악하는 게 관건이 되지만, 분명한 것은 호흡을 어떻게 쉬는가에 따라 우리는 마음의 평정을 찾을 수 있습니다. 호흡이 고요하면 더불어서 마음도 고요하기에 명상과 묵상의 길에서 호흡만 잘 관찰하시면 일상의 삶을 행복하게 살 수가 있습니다. 저의 결론은 호흡을 장악하면 의식은 고요와 평화를 찾을 수 있다는 말씀을 드립니다.

✌ 사유하기: 호흡은 인간의 생로병사의 비밀을 담고 있습니다. 호흡을 이해해야 내면의 평화를 회복하는 데 도움이 됩니다.

✧ 몸과 의식을 함께 수련하지 않았다

마음을 행복하게 하려면 먼저 몸을 조복시켜야 합니다. 몸을 조복시킨다는 말은 인간이 지니고 있는 신체의 신경을 이완하면 몸은 더 이상 의식에게 명령을 내리지 않습니다. 수련은 의식으로만 하는 게 아닙니다. 몸과 의식의 조화와 균형을 맞추면 우리가 추구하는 행복은 지금 여기에서 당장 경험하실 수가 있습니다. 지금 당장 이완부터 시작하셔야 합니다. 몸이 경직되고 굳은 상태에서는 인간이 누릴 수 있는 궁극의 행복의 맛은 경험할 수가 없습니다. 우리는 몸 수행을 하지 않고 이론적인 관념적인 공부만 하니 몸과 마음이 합일이 되지 못하고 또한, 대자연의 에너지의 도움을 받지 못하니 더 깊은 영성을 체험하지 못하기에 인간의 의식이 변화됨이 미약한 것입니다. 본래 그러함을 알기까지는 호흡의 도움을 받아야 합니다.

✧ 우주 자연에 존재하는 원자는 다 진동한다는 것에 사유가 부족하였다

*저는 진리를 공부하면서 뭔가 좀 단순하고 우주 자연의 근원적인 핵심은 없을까를 살피다 이 니콜로 테슬라라는 과학자를 만났습니다. 그의 말은 저에게 시원한 단비와 같아서 이것을 통하여 그동안 삶과 죽음 그리고 이 우주 자연계의 궁금증을 이 말씀을 통하여 스스로 증명할 수가 있었습니다. 여러분들도 이것을 사유하면 여러분들이 공부하는 진리를 더 폭넓게 이해할 수가 있어서 안내하는 바입니다.

일찍이 니콜라 테슬라라는 과학자는 '우주의 비밀을 알고 싶으면' 주파수, 진동, 에너지에 관심을 가지라 하였습니다. 우주 자연에 존재하는 모든 원자는 진동하고 심지어 우리들의 장부와 세포까지도 파동으로 운동한다는 것입니다.

*주역은 우주 자연의 본모습을 리얼하게 들여다본 동양의 고전입니다. 그중에서도 음양의 이론은 한마디로 '우주 자연에서 벌어지는 모든 현상은 변화한다.'라는 것입니다. 좀 더 폭넓게 공부를 하시려면 음양이론을 공부하시면 됩니다. 저는 지면 관계상

생략하겠습니다. 여기에서 우리가 사유하여 볼 것은 우주의 모든 식물도 진동의 파동으로 태양과 교감하고 꽃을 피웁니다. 고전 음악을 들려주면 꽃들은 더욱더 잘 자라며 젖소는 젖을 더 많이 생산하고 바흐의 음악을 들려주면 꽃들은 특정한 자기만의 주파수로 교감하면서 꽃망울을 터트린다는 것은 이미 과학을 통하여 접하였던 사실입니다. 이제 조금 진동(파동)에 대한 조금의 개념이 잡혔을 것입니다. 여기에서 괴테의 시한수를 접하고 나면 여러분은 좀 더 무엇인가 느낌이 올 것입니다.

〄 사유하기: 현대 물리학계의 중요한 이슈로 부각되고 있는 초끈이론 자연에 존재하는 모든 것들은 진동하는 끈으로 이루어져 있다고 한다. 그리고 그 끈을 생성 변화시키는 것은 소리이며, 즉 정보라는 것이다. (여기에 부합되는 것이 천상의 음입니다.)

*나에게 우주 자연의 비밀의 힌트를 준 괴테의 시를 소개합니다.

"모든 것이 제멋대로 구르는 듯해도 사실은 하나로 얽혀 있다네. 우주의 힘이 황금 종을 만들어 이들을 떠안고 있다네 하늘 향기 은은히 퍼져 나가니 지구가 그 품에 안기도다. 모든 것이 향기들조차 조화롭게 시공을 채우는구나 휘몰아치는 생명의 회오리 속에서 나도 파도도 다 함께 춤춘다. 삶과 죽음이 있건만 영원의 바다는 쉼 없이 출렁이누나. '변동하고 변화하고 진동하는' 저 힘이 내 생명의 원천으로 오늘도 나는 먼동이 트는 아침에 거룩한 생명의 옷을 짜누나."

🖋 사유하기: 미국의 물리학자 데이비드 봄에 따르면 인간을 포함한 생명체들을 구성하는 분자, 세포, 조직, 장기 및 개체는 입자적 구조와 파동적 구조라는 이중 구조로 되어 있다고 합니다. 우리가 보고 듣는 것도 파동이 감각신경으로 변화되어 우리는 사물을 보듯이 존재하는 모든 생명들은 다 저마다의 고유한 주파수로 유기적인 관계로 연결되어 있다는 것을 사유하시면 여러분들이 궁금해하시는 것에 대한 의문이 해결되리라 믿습니다.

✧ 우리가 사유하지 않은 옴과 훔의 깊은 이치

먼저 이 챕터에 대하여 종교를 불문하고 인문학적 소양을 넓힌다고 읽어주시고 어느 종교를 이야기 하는 것이 아님을 꼭 기억하여 주십시오.

과학이 발전하지 않았던 시절 우리의 조상님들은 다양한 소리 중에 유독 이 옴과 훔의 소리를 통하여 인간의 내면에 영향력을 준다는 것을 사유 끝에 알아냈습니다. 그래서 옴과 훔은 우주 대생명 탄생의 소리이자 시원의 소리이며, 우주 자연이 진동한다는 것을 응축한 소리이며, 이 소리에는 우주 자연의 질량의 에너지가 함축하여 있다는 것입니다. 이 소리는 태곳적부터 우리의 신성을 회복하는 데 탁월하며 인간 내면의 몸과 의식에 영향을 끼침을 대체의학의 황제라 불리는 디팩 초프라는 다음과 같은 실험으로 증명합니다. "흄이란 소리는 질병 치료에 탁월한 효과를 발휘한다." 흄 소리는 인간 몸속의 생명을 통일적으로 치유하는 소리이다. 흄은 인체의 모든 세포를 동시에 진동한다. 영국의 한 과학자의 연구에 따르면 시험관에 암세포를 넣어 흄 소리를 들려준 결과 암세포는 진동 후에 터져 버렸다. 반면에 인체의 보통 세포를 시험관에 넣고 흄 소리를 들려주었더니 더욱더 건강하게 자랐다.

결론적으로 옴과 흄의 소리는 우리 몸을 최단 시간에 신경과 전신의 세포에 영향력을 미쳐 동조성을 이끌어 내어 인체의 핵인 세포를 더 활성화하여 우리의 몸과 의식의 균형을 맞추고 끝내는 우리의 병든 몸을 치유하는 힘도 지니고 있다는 과학적인 사실을 전합니다.

또한, 인간의 깊은 영성을 파동으로 각성시켜 본래 인간이 지닌 초순수의 영혼으로 회복하게 하는 아주 탁월한 힘을 지니고 있다는 것입니다. 기존의 선입관을 버리고 여러분 스스로 증명하여 보시고 다시 한 번 깊게 사유하고 나서 이 명상과 묵상을 시작하면 더욱 행복한 명상을 할 수 있다는 확신에서 안내하니 부디 잘 받아들이면 감사하겠습니다.

✦ 우리의 몸이 '빨주노초파남보'란 빛으로 우주 자연과 공명하고 있다

과거 십수 년 전 저는 수련 중에 배꼽에서부터 양쪽 팔에 불광이 얼마나 강한지 눈을 감고 있어도 눈이 부셔 그만 본능적으로 일어나 형광등 전기 스위치를 끄려 한 적이 있습니다. 또한, 양쪽 팔을 타고 오르는 광채에 그만 뜨거움을 느껴 퍼뜩 일어선 경험을 하고 나서 우연히 인도의 전통 의학서인 아유르베다의 색깔 치유법을 접하면서 사유를 하게 되었습니다. 이 의학서에 따르면 건강한 사람의 몸은 가시광선의 무지개 색깔, 즉 '빨주노초파남보'와 공명하면서 생명 활동을 한다고 합니다. 인간이 본디 빛의 존재라는 것입니다. 어머니의 자궁 속에서 거꾸로 된 자세에서 자라면서 1차크라(항문과 생식기 사이) 빨간색, 2차크라(배꼽 아래 한 치 부위, 즉 단전이라 함)주황색, 3차크라(배꼽에서 손가락 3마디 위 한의학에서는 중완이 라고 함) 노란색, 4차크라(심장, 한의학에서는 전중혈이라고 함)가슴은 녹색, 5차크라(목) 옆은 청색, 6차크라(양쪽 눈썹 사이 미간) 남색, 7차크라 백회(천문) 보라색을 띤다고 합니다.

🌱 사유하기: 이것으로 사유하여 보면 이미 우리의 조상님들은 인간과 자연이 서로 연결되었다는 것을 터득하셨던 것입니다. 알면 알수록 인간의 몸은 너무도 신비롭습니다. (여기에서 하나 더 놀라운 사실은 사람의 몸에 하늘과 땅 그리고 사람이 다 들어 있다는 사실입니다.)

*오장육부의 처방은 장부와 공명하는 색깔로 치유한다

인체가 병이 나면 과학이 발달하지 않았던 조상님들은 오행(목, 화, 토, 금, 수) 기운에 맞는 색깔로 오장육부를 치료한 것을 사유하여 보면 인간 오장육부의 경락과 자연의 원자들은 서로 연결되었음을 알 수 있습니다.

－오행의 색깔은 木(청) 火(적) 土(황) 金(백) 水(흑)

－간은 청색과 공명하니 초록색 음식이 좋다(다슬기, 청보리)

－심장은 붉은색과 공명하니 붉은색의 음식이 좋다(붉은색 수수)

－폐는 흰색과 공명하니 흰색의 도라지, 참외, 흰밥이 좋다

－신장에는 검은색이니 쥐눈이콩이 좋다. 신장을 일명 콩팥이라
  고 부르는 이유이다

－비장은 황토색이니 호박, 기장쌀, 파프리카가 좋다

*담석증을 빛과 컬러의 물로 치유한다(본문 생략)

여기에서 우리가 사유해야 할 내용의 핵심은 이것입니다. 색깔과 인간의 오장육부가 이렇게 빛의 컬러의 파동으로 깊숙하게 연결되어 있다는 정도까지만 안내합니다. 위에서 설명한 진동의 파동과 빛의 컬러 파동이 인간의 몸과 의식에 연결되어 있다는 것을 사유하여 보시면 지혜가 증장할 것입니다.

✧ 인체의 핵인 세포에 관해 공부하지 않았다

　마음은 세포의 운동성이다. 세포는 에너지 파동으로 의식을 만든다. 의식은 에너지 파동으로 우리의 몸에 작용한다. 이것은 현 과학에서 이렇게 마음을 규정합니다. 참으로 생소한 말이지만 낯선 이야기가 아닙니다. 이미 세포의 운동으로 마음이 만들어진다는 이야기 전에 우리는 생각 감정 오감으로 마음이 발생한다고 공부를 하였습니다. 그런데 조금만 사유하여 보면 생각 감정을 움직이게 하는 것이 세포라는 것입니다. 이것으로 미루어보아 우리의 세포를 어떻게 하면 고운 파동으로 만들어서 우리의 마음을 평화롭게 할 수가 있을까? 저는 결국 이것을 설명하기 위하여 우리가 그동안 소홀한 것에 인문학적 소양을 더불어서 함께 공부하는 것입니다. 그런데 진작에 우주 자연의 운행의 법칙인 진동과 인체의 핵인 세포가 서로 연결되어 우리의 오장육부에 관여하여 우리의 삶에 희로애락을 만드는 핵심이라는 사유가 있어야 이제 우리에게 주어진 건강과 행복 그리고 보편적인 삶을 살 수 있다는 것입니다.

　결론적으로 생명의 원천은 세포이며 세포를 곱게 평화롭게 만들어주는 것이 옴과 훔이 세포의 시냅스를 더 민첩하게 운동하게 하여 각종 호르몬을 만들어내어 병든 몸에서 벗어날 수 있다는 근본적인 이치를 아시고 일상을 살아가면 더 행복할 수가 있습니다.

✧ 천상의 음을 놓치고 있다(영혼의 치유 음악이자 세포가 듣고 싶어 하는 파동이다.)

천상의 음이란: 인간의 오욕(재물욕, 명예욕, 식욕, 수면욕, 색욕), 칠정(희, 노, 애, 락, 애, 오, 욕)을 떠난 우주 자연의 생명의 실상 소리를 말하고 인간의 영성을 치유하는 주파수 대역의 음악을 말합니다.

이것은 한마디로 공부하는 학생에서부터 연구소에서 연구하는 분들과 우울증, 화병, 명상과 묵상까지 인간의 모든 방면에서 각자 우리가 직면한 그 모든 문제에 대하여 답을 제시하며 우리가 소망하는 인간의 궁극의 행복과 내면의 평화로 안내할 것입니다. 핵심만 몇 가지를 전합니다.

*그동안 우리가 잃어버린 인간 본연의 영성을 부활시킨다(양심, 참나, 성령, 알라)

*세포와 신경계를 평화롭게 하여 몸과 의식을 이완시켜 거친 의식을 정화합니다

*무의식을 정화하고 영감과 직관력을 높이며 깊은 명상과 묵상으로 안내합니다

*병든 세포를 치유하고 내면의 평화로 안내하고 궁극에는 인간의 본성과 성령을 체험하게 하여 순수한 보통사람으로 인간이 가야 할 근본 성품을 바로잡아 줍니다

이 모든 것은 믿고 신뢰하고 헌신과 자신을 공경하는 마음에서 시작됨을 기억하여야 합니다.

✧ 우리는 어떻게 존재하는지 기초적인 질문을 스스로에게 던지지 않았다

나는 어떻게 존재하는지를 사유하여 봅니다. 나는 공기와 햇볕, 물이 없으면 존재할 수가 없고, 또한 나는 육신을 보양하여야 하기에 밥을 먹어야 하며 숟가락과 농부가 지어준 쌀이 필요합니다. 그리고 집과 옷을 입어야 하기에 옷을 만들어 줄 사람이 필요합니다.

가만히 사유하여 봅니다. 진작에 나의 능력으로 돈을 벌고 살아간다고 하지만 조금만 관찰하여 보면 주변의 도움이 없으면 나는 존재할 수가 없다는 것입니다. 그렇기에 우리는 나 아닌 도움으로 살아가기에 나 아닌 것이 곧 나임을 알아 내가 돌봐야 한다는 그런 마음이 나와야 하며 이 모든 것은 도와주어서 살아가기에 '항상 덕분입니다.'와 감사의 말밖에는 할 것이 없습니다. 이런 기초적인 질문을 던지지 않기에 어떻게 사는 게 행복한지 그 가치를 찾지 못하고 있다는 것입니다. 대자연에 질문을 던져야 합니다.

✧ 인간으로 태어나서 삶과 영적인 삶을 위하여 두 가지를 질문하지 않았다

하나는 우주 자연의 핵심인 원자는 어떻게 움직이는지, 즉 우주자연의 법도에 대한 자연의 법칙을 이해하는 것이며, 두 번째는 그 자연의 법칙 안에 인간이 살아가는 존재의 실상과 고통에서 벗어나는 길을 배우고 실천하는 것입니다. 저가 이 말씀을 드리는 이유는 삶과 진리 이것을 공부하기 전에 이런 자연의 인문학을 사유하면 우리가 마주하는 삶과 진리는 더 그것을 응용하고 확장하며 시대에 맞는 맞춤식 서비스를 할 수가 있는데, 이것이 부족하면 어느 정점에서는 삶과 공부가 진전되지 못하는 오늘날 우리의 현실을 보여주고 있습니다. 이것이 사실인지 아닌지는 우리 스스로를 들여다보시면 알 수 있습니다.

✧ 인간이 왜 욕망적인 삶으로밖에 살지 못하는지 그 이유를 이렇게 본다

이것은 인간의 영성의 지혜 측면에서 관찰한 저의 사견임을 밝힙니다. 사람이 동물과 다른 것은 사유하는 힘이 있기 때문입니다. 그런데 그 이면에는 선한 자비심과 사랑의 마음이 우리의 DNA에 이미 구조화되어 있음이 실험을 통하여 밝혀지고 있습니다. 그렇다면 우리의 조상님들과 오늘날을 살아가는 지구촌의 가족들이 왜 이렇게 서로 반목과 시기 질투로 전쟁을 하며 살아가는지를 관찰하여 본 경험입니다. 그것은 인간만이 지니고 있는 순수의 양심이 욕망적인 삶으로 오염이 되다 보니 그렇고 좀 더 들여다보면 깊은 명상과 묵상을 통하여 우리가 본래 지닌 초순수의 맑은 의식을 경험하지 못하다 보니 인간의 선한 마음이 드러나지 않기 때문입니다. 인간이 깊은 내면에서 이것을 바르게 경험하면 욕망적인 삶을 살 수가 없습니다.

✐ 1분 사유하기: 망상과 마음은 둘이 아니다. 마음이 있기에 망상이 일어나는 것이며 마음이 집중이 약해질 때 망상이란 이름으로 변하는 것입니다.

✧ 영성적인 삶을 위하여 무의식을 정화하지 않았다

우리는 일상의 삶을 살면서 순간순간 계속하여 나의 이득을 위하여 분별이란 생각의 염체를 만들고 있습니다. 그것이 움직일 때는 느낌이 미약하지만 좌정을 하였을 때와 잠을 잘 때 자연 스럽게 나와서 우리의 마음을 산란하게 하곤 합니다. 여기에서 자연의 순리를 한번 사유하여 보겠습니다. 강물도 오염되면 정화하기 위하여 해마다 장마로 하여금 스스로를 정화하는 자정작용이 발생하듯 인간 역시 무의식의 거친 파동의 의식을 초순수의 생명 파동을 들려주어 우리의 뇌를 이완시켜 놓아야 한다는 것입니다. 그런데 지식으로는 의식을 정화하는 데는 한계가 있습니다. DNA를 점차 선량한 쪽으로 바꿀 수 있는 것이 인간을 분별하기 이전의 순수 영성으로 만들어 주면 우리 사회와 지구촌은 생명의 본질적인 삶을 살게 될 것입니다.

　*저는 개인적으로 우리 사회와 지구촌을 살리는 지구촌 신 무의
　식 정화 프로젝트를 제안한 적이 있습니다. 이것은 명상이나 묵상
　의 길에선 매우 중대한 일임을 상기하여 주시면 감사하겠습니다.

　✍ 사유하기: 무의식과 잠재의식은 깊은 명상과 묵상 시에 정화가 일어나지
만, 그곳에 이르기 위해서 먼저 천상의 음과 인간의 신체를 이완시키는 게 우
선 우리가 할 일인 것입니다.

✧ 우리는 이념을 잃어버렸다

　개인의 행복의 가치관을 바탕으로 국가를 사랑하는 가치관도 함께
존재하여야 하는데 우리는 지금 정치에 신뢰를 잃다 보니 오로지 개인
의 삶만 중요시합니다. 그만큼 정치가 나라를 사랑하고 존중하게 생각
하는 덕의 정치가 부족하다 보니 국민은 이념을 잃었습니다. 돈을 번
부자도 마찬가지고 많이 배워도 역시 별만 다를 게 없는 한마디로 어떻
게 살아가는가에 본보기가 없는 대한민국입니다. 참으로 애석한 일입
니다. 그리하여 말씀을 드립니다. 국가가 개인을 행복하게 하는 데는 한
계가 있습니다. 이제는 개인이 나의 삶과 국가의 가치관을 스스로 갖추
어 스스로 깨어나야 할 시대입니다. 다시 한 가정 가훈 갖기를 범국가

적으로 부흥시켜 가정이 바로 서야 합니다. 가정교육이 이미 무너진 지 오래되었습니다. 이대로 대한민국의 미래 비전은 왠지 어두워 보입니다. 우리는 누구이며 왜 대한민국에 태어났는가 하는 그런 위대한 질문을 던지는 사람이 되어야겠습니다.

✧ 명상 태교에 관하여 공부하지 않았기에 대한민국이 시끄럽다

농부가 밭을 기름지게 하면 농작물은 병충해에도 강하듯이 사람도 태어나는 생명을 위하여 청춘 남녀가 적어도 석 달 백일을 참신한 마음으로 준비하고 나서 청명한 날 새벽 3시에 부부가 합궁을 하면 아이는 건강한 아이로 태어납니다. 그런데 이런 자연의 이치에 대하여 점점 갈수록 공부하지 않으니 태어나는 아이들의 영성지수가 좋지도 않고 때론 장애자로 나올 확률이 높다는 것입니다. 부부가 정말 간절하게 대한민국의 지도자로 훌륭한 사람을 서원하고 몸과 의식을 정갈하게 하고 태어난 아이는 심성이 곧고 공감능력이 탁월하며 일단 병치레를 하지 않습니다. 이글을 보시는 젊은이들은 필히 백일을 부부가 함께 노력하여 건강하고 총명한 아이를 낳으면 아이는 스스로 알아서 자기의 복력으로 자라나니 우선 건강한 옥토를 부부가 준비하며 거기에 인연 되는 아이는 스스로 찾아옴을 확신합니다. 추후에 APT 하나를 장만하여 주려고 걱정 말고 지금 자식에게 백일만 투자 하십시오. 석 달이 평생 교육입니다. 그리고 남성분들 약주하시고 합궁하시면 가정이 소란

스럽습니다. 이것이 이혼의 원인을 만든다는 것 명심하셔야 합니다.

✧ 성인을 잉태하는 몽중 태교에 말하는 사람이 없다

  이런 이야기는 다소 생소하게 들리실 것입니다. 저같이 좀 생명의 본질적인 것을 탐구하고 그것을 직접 경험한 이야기에서 나오는 것임을 유념하여 들어주세요. 이것은 개인을 넘어 국가에서 국민을 대상으로 이런 시설과 산모들을 집중적으로 교육하여 태어나는 아이의 영성을 국가가 만들어 주어 민족의 지도자를 넘어 글로벌 지도자가 태어나게 하는 시스템을 말합니다.

  예를 들어, 강릉에 있는 신사임당 오죽헌을 상상하시면 됩니다. 신사임당의 헌신적인 태교로 훌륭한 율곡 선생님이 태어났듯이 이것은 얼마든지 준비하고 마음이 선하면 태어나는 자식 역시 부모의 선한 기운에다 대자연의 영향을 받아 아주 지혜로운 아이가 태어남을 밝힙니다. 그 대표적인 예가 공자님입니다. 지구촌에 이런 것을 행하는 곳이 없습니다. 대한민국이 본보기가 되어서 태어나는 아이는 적어도 총명한 사람을 만들자는 국가적인 프로젝트를 제안합니다.

✧ 기적의 치료는 이렇게 시작된다

물이 맑으면 흘러가는 물에는 이끼가 끼지 않습니다. 그런데 현실은 흘러가는 물에도 이끼가 낀다는 것입니다. 우리의 몸 역시 병들고 아픈 것의 근본적인 원인은 순환의 장애에서 오는 세포의 병듦입니다. 인간이 본래 가지고 있는 신체의 일곱 개의 신경이 이완되면 누구나 다 신선의 삶을 살 수가 있는데 그러하지 못함이 우리의 현실입니다. 그리하여 영성 지혜의 입장에서 기적의 치료에 대하여 사견을 나눕니다. 일곱 개의 신경이 다 이완이 되고 깊은 명상과 묵상에 들어가면 입에서는 단침이 마치 큰 산에서 샘솟는 옹달샘처럼 감로수가 되듯이 몸과 의식이 이완에 들어가야만 나오는 단침이 인간의 장생 불로초입니다. 두 번째는 깊은 이완, 즉 본성과 성령이 충만한 상태에서 세포의 변성이 일어나 기적의 치료는 스스로 아픈 곳을 치유한다는 것입니다. 에너지는 높은 곳에서 낮은 곳으로 흘러감이 자연의 법칙이듯이 우리 몸 역시 의념을 통하여 아픈 곳의 세포를 생명 치유의 파동으로 얼마든지 세포의 변성을 가져올 수가 있다는 사실입니다. 이것이 내 몸을 본래대로 회복하면 치유 역시 스스로 일어나 기적의 치료는 세포의 변성으로 발생한다는 사실입니다. 심기일전이라 마음 가는 곳에 에너지도 같이 간다.

🌿 사유하기: 내 몸을 가장 잘 아는 사람은 의사가 아니라 우리 자신입니다. 우리의 몸에 병과 약이 동시에 존재함을 아셔야 합니다. 내 몸과 의식이 지구촌의 가족들을 다 품을 수 있는 자비심이 충만하면 병은 왔다가도 '고맙습니다.' 인사하고 떠납니다. 그만큼 선량한 한 생각은 그만큼 위대함을 사유하시

기를 부탁드립니다. 교차호흡과 천상의 음 그리고 준장은 백세시대 노후의 건강을 보장하는 데 아주 좋습니다. (천상의 음은 우리 몸의 구석구석 세포를 치유한다.)

✧ 인체의 일곱 개의 차크라를 열면 신선의 삶이다

젊었을 때 인간의 일곱 개의 차크라 신경을 이완하면 몸과 의식은 고요하여 구함을 찾지 않습니다. 그리고 스스로 이런 몸에다 인간의 본성을 회복하면 과한 욕망이 나오지 않을뿐더러 우리에게 주어진 삶을 수용하며 보편적 인간의 삶을 아주 희망으로 살 수가 있다는 것입니다. 그런데 우리는 몸 수행을 하지 않아 우리에게 본래 주어진 기능마저 알지도 못하고 너나 할 것 없이 참 고단한 삶을 살고 있음이 안타까워 이런 말씀을 전합니다. 지금이라도 몸 수련을 하여 건강한 삶과 건강한 정신으로 스스로를 지키는 게 우리의 사명입니다.

✍ 사유하기: 최소한 단전과 백회의 신경만이라도 이완을 시키면 건강과 영성의 삶에 도움이 됩니다. 이것은 국가가 앞장서면 국민 건강보험료를 엄청 줄일 수가 있고 국민의 행복지 수도 나아지고 우울증 천만 명 시대에서도 벗어날 수가 있는 근본적인 원천임을 밝힙니다.

✍ 1분 사유하기: 역대 성인들은 우주 자연에서 지혜를 찾아 자신의 몸을 통하여 진리를 확인하였기에 통찰의 힘이 강화된 것입니다.

✧ 인간이라면 반드시 천문(백회)을 열어야 한다

　인간의 머리 정수리에는 백 가지의 혈이 모여 있다 하여 백회라고 합니다. 이것은 사람의 안테나 역할을 하여 우주 자연과 교감하고 인간의 동물적인 본성을 대자연의 영성으로 치유하여 본래 맑고 밝은 우리의 참본성을 지켜낼 수 있습니다. 그런데 이것이 닫혀 있으면 우주의 충만한 에너지를 흡수할 수가 없고 인간은 정신적인 영의 힘은 줄어들고 동물적인 본능으로 살아갈 수가 있습니다. 반면에 천문이 열리면 생명의 에너지를 흡수하여 더 교감하며 태초의 본성을 더 밝힐 수 있고 몸과 마음은 더욱 균형 있게 되며 마음이 건강하여 삶의 자세가 부정적일 수가 없습니다. 결국, 백회의 신경이 이완된다는 것은 우주 자연을 있는 그대로의 법음을 순일하게 들으면서 안으로 정화가 동시에 일어나는 것입니다. 백회와 단전의 신경이 이완되면 인간은 하늘과 땅의 에너지를 내 몸에서 그대로 순환되어 자연의 사이클에 조화를 맞추는 것입니다. 챕터의 주제가 좀 큰 것 같지만, 천문이 열리지 않고서는 대자연의 리듬을 듣는 게 좀 부족합니다. 이기심과 삿된 욕망은 막히어서 더 분출하는 것입니다. 흘러감은 성을 만들지 않는 것이 자연의 순리입니다.

　🕊 사유하기: 숨만 쉬어도 인체는 스스로 배터리가 충전되어 아랫배는 따뜻하고 등은 축축하게 땀이 흐르고 늘 각성의 상태를 유지하게 합니다. 이런 조화로움을 갖추면 인간은 남의 것을 탐하려는 마음이 나오지 않습니다. 지구촌 가족 모두가 이 글을 사유하시기를 부탁드립니다.

✧ '엄~마', '까~꿍' 이것이 최초의 천상의 음이다

어렸을 때 우리는 소변을 보기 위해 어머니께서 오줌통을 들고 쉬하는 경험을 하였습니다. 이것은 소리가 우리의 오장과 파동으로 연결되어 뇌의 시냅스를 작동하게 하는 것이었습니다.

그리고 최초로 말을 배울 때는 '엄~마' 소리를 길게 내어 아이가 그 파동의 소리를 각인하여 아이의 뇌를 자극하게 하는 소리의 파동이었다는 것입니다. '엄~마'와 '까~꿍' 소리 역시 분리하여 발음하여 보면 '엄마' 할 때 배꼽 주변을 진동시킵니다. 이것이 옴과 훔의 소리를 나오게 하는 원초적인 소리였고, 엄마의 '마' 소리는 인간이 가장 쉽게 할 수 있는 소리 중에 하나라고 하니 참 놀랍습니다. 이미 우리는 엄마와 까꿍이라는 소리 파동으로 몸과 의식을 전달하는 최초의 천상의 음을 대한민국 사람들은 다 이미 염송하고 있었습니다. (이것은 한철 동안거 공부 끝에 사유한 저의 깨달음이었습니다.) 이처럼 우리가 소홀한 것에는 자연과 인간 그리고 인체의 핵인 세포가 다 연결되어 있는데 우리는 이런 중요한 것을 공부하지 않으니 공부가 힘들고 오랜 시간이 필요한 것입니다. 눈 밝은 사람은 이런 말에 깨어나서 우리가 놓친 공부를 저보다 더 심도 있게 하여 주변을 밝혀야 합니다.

✧ 하나는 셋으로 나누어짐의 증표가 손가락이다

　　모든 종교의 삼신 사상의 근원은 원자의 구조에서 시작되었으며 오행의 기운을 고스란히 지닌 인간만이 그 증표로 손가락으로 삼신 사상을 설명할 수가 있습니다. 손가락은 하나지만 그 마디는 셋으로 나누어짐이 원자의 구조(전자. 중성자. 핵)를 대변하니 우리는 자연의 일부임을 다시 한 번 사유하여 봅니다.

　　🖐 사유하기: 자연 그대로의 원시림을 가지고 있다면 그곳은 우리의 마음의 경전이기에 우리는 보존하여야 하고 더 이상의 개발은 이제 그만하고 지금으로도 우리는 얼마든지 존재로 행복할 수가 있습니다. 오대산 전나무숲이 희망입니다. (우리가 사유할 것은 원자의 진동과 세포입니다.)

✧ '도리도리', '곤지곤지', '잼잼잼' 이것이 인간의 생체 리듬을 바로잡았다

　　도리도리는 뇌의 척수액을 흔들어서 세포를 더 활성화하고 몸과 가슴 어깨의 근육과 이완을 가져오는 비교적 단순하면서도 아주 효과가 큰 운동입니다. 또한, 오늘날 치매를 예방할 수 있는 뇌세포 운동법이기도 합니다. 곤지곤지와 잼잼 놀이 역시 손바닥의 노궁혈을 자극하여 신체의 기순 환을 좋게 하는 놀이입니다. 이 세 가지만 매일 아침저녁으로 꾸준히 하여도 인간의 신체 리듬을 끌어올릴 수 있으며 특히 도리도리는 머리를 각성시켜 일상에서 자주하면 머리가 이완되어 비교적 기분 좋은 컨디션을 유지할 수 있는 놀이입니다. 이런 것을 사유하여 보면 몸과 의식을 꿰뚫은 선각자가 백성들을 깨우게 하려는 연민의 마음에서 우러나온 놀이임을 알 수 있습니다.

▨ 사유하기: 이것을 부흥시키면 치매와 우울증 예방에 아주 좋습니다.

✧ 이완이 우주 자연의 키워드다

사유하여 봅니다. 우리가 태어날 때 우리들의 어머니들께서는 자궁이 이완되어 우리의 이마가 나왔고 가을날 햇밤도 따뜻한 가을 햇살에 그만 알밤이 벌어지고 자연의 식물들도 따사로움에 꽃망울을 내밉니다. 이런 기초적인 자연의 이치를 숙지하고 일상의 삶과 영성 수행의 길을 가지 않기에 처음에는 진리가 진도가 나가지만 질량이 차지면 이런 것에 기초가 부족하면 좀처럼 공부에 진척이 없습니다. 따스함은 사랑이며 열림이며 또한 생명의 활기찬 기운입니다. 우리의 몸이 머리에서 발끝까지 온몸의 긴장의 요인인 집착과 애착의 의식이 이완되고 온몸의 오장육부가 이완되면 나라는 상은 미약합니다. 내 마음에 사랑의 마음이 있으면 나에게 어떤 시련이 와도 헌신과 공경의 마음으로 승화될 수 있듯이 이완은 '그러려니' 하는 마음이며, 또는 '오죽하였으면 그랬을까?' 하는 측은지심입니다. 몸과 마음은 서로 의존하기에 균형을 맞추어야 마음은 더 고요해지고 내가 원하지 않아도 더 깊은 의식의 차원으로 자연스럽게 들어간다는 것입니다. 나무와 동식물이 따뜻한 주파수의 파동에 맞추듯이 우리도 반드시 이런 우주 자연의 이치와 원리를 이해하고 사유하면 지금의 삶을 더 풍요롭게 존재할 수가 있습니다.

✍ 사유하기: 이것을 안내하는 이유는 내면의 평화를 회복하는 데 필수가 몸과 의식의 이완이기에 우리가 숨 쉬는 자연을 이해하면 우리는 좀 더 공감력을 높일 수가 있습니다.

✧ 우리가 깊은 명상과 묵상으로 들어가지 못하는 이유는 이것입니다

첫 번째 이유는 몸 수련(신경 이완)을 하지 않음이며, 두 번째는 천상의 음을 염하지 않아 우리가 본래 맑고 밝은 영성이 무디어져 있습니다. 그리고 또 하나는 무의식을 정화하지 않아서이며, 세 번째는 몸과 의식이 이완되지 못하여 우주 자연의 생명의 에너지의 도움을 받지 못했기 때문입니다. 이 글을 읽는 여러분, 저 역시 정말 돌아 돌아 이 길까지 수십 년이 걸렸습니다.

그런데 이렇게 진중한 이야기를 그 누구도 이야기하지 않고 그저 곶감이 달다는 쉬운 관념의 이야기로 진리를 공부하다 보니 우리는 여전히 배가 고프고 있는 현실입니다. 이것 역시 여러분들의 기존 고정관념 때문에 그렇게 쉽게 받아들이지 못함도 알지만, 다시 한 번 스스로를 속이지 말고 정말 이렇게 간곡하게 말씀을 드리니 믿고 행하여서 여러분 스스로 대자유인이 되시기를 진심으로 발원하기에 이렇게 나누는 것입니다. (종교의 관념을 내려놓았을 때 종교가 보이고 또한 전체가 보입니다. 내가 가는 길에 영적 함량이 높다고 하면 무조건 받아들이고 과연 그런 것인가 확인을 하는 게 맞습니다.)

✧ 인간과 자연은 서로 연결되어 있는 것에 대한 사유가 부족하였다

이 챕터는 워낙 방대하기에 핵심적인 예를 들어 설명하겠습니다. 우주 자연의 대우주와 인간의 소우주가 얼마나 깊숙이 연결되어 있는지 알아보면, 지구가 오대양 육대주로 구성되듯이 인체도 오장육부로 구성되고 바닷물이 지구의 70%이듯이 우리 몸도 수분이 약 70%이며, 바닷물이 짜듯이 우리 몸도 염분이 없으면 생명을 유지할 수가 없습니다. 또한, 바다에서는 밀물과 썰물이 바다를 정화하듯이 우리 몸도 들숨과 날숨으로 불순물을 정화합니다. 우주의 1년 12개월이 인체에서는 12경락으로 형성되고, 1년 24절기는 인체의 척추 24마디를 형성해 놨습니다. 그리고 1년 365일에 따라 365골절을 이루고, 우주의 질서를 관장하는 별 28숙에 따라 인체의 28골격 구조를 만들었습니다. 마지막으로 우주의 9규에 맞추어 인체의 9개의 구멍(눈, 코, 귀, 생식기, 항문)이 있습니다. 여기에서 여자는 하나 더(자궁) 있어 새 생명을 탄생시킵니다.

이것으로 유추하여 보면 자연과 인간은 아주 깊숙이 연결되어 살아가는 것을 알 수가 있는데, 우리는 이런 기본적인 공부를 하지 않기에 좀 더 사물에 대한 사유가 부족하기에 지혜가 증장하지 않는 것입니다. 그래서 일찍이 공자님께서는 이런 말씀을 하셨습니다. "원취저물(자연)하고 근취저신." 하라고 말입니다. 멀리는 우주 외 자연을 보고 진리를 깨닫고 가까이는 소우주인 인체를 통하여 진리와 사물의 이치를 이해하라는 말씀이 참으로 절실하게만 들려옵니다.

여기까지 그동안 우리가 소홀한 것에 대한 함께 사유하여 보았습니다. 개념을 충분히 사유하시고 우리가 마주하는 일상에서 과연 그러한가를 비추어 보아야 공부가 깊어집니다. 그래야 우리의 목적인 내면의 행복을 회복하기에 아주 도움이 될 수가 있습니다.

제2장

내면의 평화를
회복하는
1단계

쉬어가는 오두막

내면의 평화를 회복하기 위한 내면 여행 몸과 마음에 대한 바른 이해, 즉, 몸은 구조물로써 계속하여 일어나고 사라지는 연속 선 상에 있으며, 마음은 어디에도 머무는 바 없이 조건과 상황에 따라 계속 움직이며 변화되고 있음을 이해하는 것이 곧 사회와 조직 그리고 개인이 평화롭고 행복하게 살아갈 수 있는 출발점이 되는 것입니다. 모든 존재는 수많은 원자와 세포 조직에 의해서 구성되어 운동 작용을 하고 있고, 이 운동 작용이 진행되는 한 변화, 즉 번뇌와 망상이 일어나는 것입니다.

＊행복 자비 명상과 묵상을 하는 취지: 앞은 단원에서 그동안 우리가 소홀하고 놓친 인문학적인 개념을 공부하였습니다. 이제는 그 개념을 늘 일상에서 문, 사, 수를 하시면서 우리가 궁극에 추구하는 '내면의 평화'를 회복하기 위하여 몸으로 하는 실습을 시작할 것입니다. 저는 지금까지 여러분들이 공부한 진리를 더욱 빛내드리기 위하여 이 책으로 안내하는 것입니다. 여러분들이 공부한 것이 아니라고 하여 어떠한 상도 내지 마시고 좀 고달파도 끝내 해내는 사람이 되어 주시면 고맙겠습니다. 이 지구에 오셔서 인간으로서 가장 거룩한 깊은 영성의 맛을 공감하고 나면 더 이상의 삶은 덤으로 사는 것이며, 지금 하시는 일을 더욱 감사와 고마움으로 애착과 집착에서 자유로운 삶을 살 수가 있다

고 보장합니다. 다시 한번 더 말씀을 올리면 어떠한 종교를 넘어 지구촌이 다 평화로워지기를 바라는 마음에서 안내하는 것이니 '고정관념을' 내시지 말고 일단 한번 따라 하여 보시고 그 방법을 익히셔서 일상에서 그 보물을 캐는 주인공이 되어 주시기를 간절히 발원합니다. (저가 안내하는 방법은 더 생생한 의식의 지복 감을 경험하며 내 삶이 변화할 수 있는 힘을 줄 수 있습니다. 저는 그것에 대한 깊은 사유 끝에 이것은 지구촌 모두가 함께 공부하고 나누어야 함을 절실하게 우리의 현실에서 연민심으로 다가왔기에 이렇게 구구절절하게 안내하는 바입니다.)

✧ 명상의 순서에서 기초 자세 설명

 *사유하기: 어떻게 앉느냐에 따라 우리의 몸과 의식은 더 순일하게 평온 모드로 진입한다는 것입니다. 지금까지 앉는 자세를 몸의 형편상 가장 평안한 자세로 다 안내를 합니다. 물론 이것 역시 기초 과정에서 잠시 필요한 것인데, 제가 안내하는 핵심은 결과보좌로 앉는 것을 최우선으로 합니다. 정삼각형이 되면 은나무같이 우주 자연과 교감이(몸의 반응이 민첩하게 에너지 반응이 옴) 되며 우리의 몸과 의식 중에 몸이 먼저 반응하여 조복이 되고 다음에 의식도 고요해지는 법입니다. 힘들어도 석달 정도만 꾸준히 반복하면 몸은 조복을 받을 수 있습니다.

 *평좌(책상다리)
양쪽 발 모두를 바닥에 놓는 방법인데, 이제 막 명상과 묵상을 시작하시는 분들이 좋아하는 자세입니다. 그리고 이 자세는 반가부좌나 결가부좌로 몇 시간을 수련하고 나서 몸을 이 평좌 자세로 놓고 몸과 의식을 더 한번 가볍게 수련에 임할 때와 수련에서 나올 때 사용을 합니다.

 *반가부좌: 한쪽 발을 반대편 허벅지 위에 올려놓는 방법입니다. 이것은 누구나 다 익숙한 자세이며 서로 발을 번갈아 가며 양쪽을 다 사용하여야 나중에 결가부좌로 앉을 수가 있습니다. 처음 시작하는 초심자들은 이 자세로 시작하고 명상은 결가부

좌라는 인식으로 옮겨가야 합니다. (이것 역시 좌측과 우측을 번갈아 가며 하여야 몸의 균형을 유지함을 잊지 말아야 합니다.)

*결가부좌로 앉기: 오른쪽 다리를 왼쪽의 허벅지 위에 올리고 발바닥이 하늘을 향하게 하며 왼쪽 다리를 오른쪽 허벅지 위에 올려서 발바닥이 위를 보게 하는 동작입니다.

자 그러면 왜 우리가 명상과 묵상을 할 때 이 자세를 취해야 하는지 우리 몸의 물리적인 상태를 설명하여 보겠습니다. 인체의 신경 맥락은 가운데 중맥을 중심으로 좌우로 분포되어 있으며 서로 반대로 교차된다. 그래서 명상과 묵상 시 양손의 엄지손가락을 가볍게 계란 모양으로 둥근 모양을 하는 것은 우리 몸의 좌우의 기혈 에너지를 교류하게 하는 것입니다. 인체의 장부기관은 모두 척추에 대량의 신경이 분포되어 있어 허리를 똑바로 세워 장부와 기맥을 편하게 해주어야 합니다. 또한, 가슴이 압박을 받으면 폐가 수축되므로 어깨를 펴서 가슴을 편하게 하여 폐가 충분히 자유롭게 확장될 수 있도록 해야 합니다.

결가부좌의 자세를 취하면 허리가 세워지고 아랫배는 들어가서 옆에서 보면 S라인이 형성되고 턱은 당겨지고 정삼각형의 자세가 취해져야 우리의 몸과 의식이 안정감이 스스로 취해집니다. 이럴 때 우리의 몸과 의식은 우주 자연과 교감할 수 있는 기본적인 자세를 완벽하게 갖추게 되는 것입니다. 이렇게 기본적으로 2시간 정도만 앉아 있으면 여러분의 몸은 이완 모드로 들어가서 불쏘시개가 필요 없이 스스로 장작불이 되어 내면의 평화를 온전하게 경험하실 수가 있습니다. 이 자세의 묘미를 느껴보면 왜 이 자세를 요가나 명상과 묵상에서 행하는지 알 수가 있습니다. 그리고 처음에는 힘들어도 나중에 익숙해지면 이 자세가 다른 자세보다 훨씬 편하다는 것을 알 수가 있습니다.

*달인 자세로 앉기: 왼쪽 발뒤꿈치를 회음(성기와 항문 사이)에 대고, 오른쪽 발뒤꿈치가 왼발 뒤꿈치와 일직선이 되게 왼발 위에 놓습니다. 두 팔을 펴서 손등을 무릎 위에 놓은 다음 엄지와 인지를 가볍게 붙인다. 허리를 곧게 펴고, 턱은 당긴다. 눈은 코끝을 응시하고 감는 게 편하면 감아도 됩니다. 혀는 목구멍 깊숙이 밀어 넣습니다. 발뒤꿈치로 회음혈을 누르기 때문에, 하초(신장)의 수기가 잘 오르고, 임 독맥과 충맥이 잘 소통됩니다. 반가부좌나 결가부좌는 토납과 태식 그리고 소주천의 호흡 수련에 적합하다면, 이 좌법은 대주천 수련과 명상에 적합한 좌법입니다. 특히 정을 누설하지 않게 하는 효과가 있습니다. 남자들이 호흡 수련을 하다 보면 정이 차서 무척 힘들 때가 있을 때 이 자세로 수련하며 좋고, 정을 푸는 방법은 허리를 돌리고 옆으로 누워 머리를 손으로 바치고 다리는 펴지 말고 구부리면 기순환이 잘되어 음심에서 벗어날 수 있습니다.

✧ 우리가 명상과 묵상을 해야 하는 이유

우리의 부모님들은 농경사회에서 자연의 순환 사이클에 맞추어 살다 보니 화와 스트레스가 오늘날 현대인들처럼 병처럼 확장되지 않아서 따로 명상과 묵상을 하지 않아도 물질의 빈곤은 있었지만 정신의 허탈감은 강도가 약했습니다. 오늘날 현대인들은 스마트폰이 나오고서부터 더 정신적인 오염과 분별로 늘 시기와 질투 속에 살다 보니 명상과 묵상을 하지 않으면 우리의 뇌는 너무도 부하가 많이 걸려 있다는 것입니다. 그리고 이 정보화 사회에서 우선 멈출 수 있는 시간이 인간에게 필요한데 그러하지 못하기에 경제적으로 부유하여도 마음의 행복은 따라가지 못하는 이유입니다. 이제 경제의 발전은 지구촌이 거의 정점에 왔습니다. 더 이상의 발전은 인간을 위하는 길이 아닙니다. 지구촌이 멈추지 않아도 적어도 나는 좀 이제 아날로그로 살아야 균형을 맞출 수 있습니다. 그것이 다름 아닌 영적인 삶을 병행한다는 이야기입니다. 좀 더 본질적인 이야기는 고사하고 개인의 정신건강을 치유하기 위해서라도 명상과 묵상은 이제 필수가 되었습니다. 이제는 명상과 묵상을 국가에서 리드할 시대가 되었습니다.

✔ 실습하기: 이 책과 만난 지금 여기에서 우선멈춤을 하고 호흡을 지켜봅니다. 들숨과 날숨을 이렇게 짧은 시간이어도 일상에서 호흡을 통하여 일체의 생각을 멈추고 오직 호흡만 지켜보는 습관을 들입니다. 이런 것이 있었다는 경이로움을 느끼는 순간부터 명상과 묵상은 시작된 것입니다.

✧ 눈의 시선과 손은 어디에 둘까?

이 챕터에서 저는 좀 남과 다른 방법으로 안내합니다. 대부분의 명상 책과 안내를 하시는 분들이 눈은 반개하듯 살짝 떠서 자기의 1m 앞을 본다든가 콧등을 보라고 안내합니다. 우리는 습관적으로 눈에 사물이 보이는 한 그 사물에 대한 우리의 뇌는 정보를 전달하게 되고 눈을 뜸으로 인하여 '분별 작용을' 동반한다는 사실입니다. 그래서 저는 눈을 감고 시작하라고 합니다. 물론 졸리면 좀 잠깐이라도 주무시고 맑은 정신으로 수련하는 게 저의 경험상 도움이 되기에 눈을 살짝 감고 수련을 시작하고 혀는 입천장 안으로 깊숙이 말아 넣어 입천장에 붙입니다.

혀를 입천장에 붙이는 이유는 임맥과 독맥, 즉 호흡신경과 척추신경 그리고 대뇌의 중추신경이 교차되는 지점이 목과 콧속 입천장이며 침샘이 충분히 나오게 함입니다. 졸음만 오지 않는다면 눈은 살짝 감는 게 명상과 묵상에 더 도움이 된다는 점입니다.

✧ 손 모양엔 어떤 뜻이 들어 있는 거야?

　이것 역시 몸 수련을 하지 않고는 이 손 모양의 이치와 원리를 스스로 증득하지 못하고 지금까지 안내하는 분들이 이렇게 하라고 하니 우리는 그냥 따라 했고 그것이 '왜 그렇게 되는지'에 대하여 질문하지 않았습니다. 손 모양이 중요하지 않다고 그냥 편 한대로 놓으라고 이렇게 안내하곤 합니다. 이것도 에너지의 축기 상태와 그리고 명상과 묵상을 하시는 몸과 의식에 상태에 따라 엄격하게 말하면 다른 것입니다. 몸 수련을 하지 않은 상태에서는 지금처럼 그렇게 하시되 몸 수련을 하신다면 이렇게 시작하세요. 우리에게 지금 일차 급선무는 몸을 이완하는 것이기에 호흡을 통하여 에너지를 우리 몸에 축기를 하여야 하기에 손은 깍지를 끼고 무릎 위에 편안하게 올려다 놓는 게 초심자에겐 도움이 됩니다. 어느 정도 몸과 의식이 이완되면 엄지를 맞대는 방법으로 하시고 마지막에 몸과 의식이 다 이완되어 깊은 명상과 묵상이 자유로운 분은 오른손은 무릎 위에 손등이 위로 가게 하고 왼손은 손바닥이 하늘로 향하게 반대로 놓습니다.

　이 자세는 더 이상 구함이 없고 늘 마음이 평화로움을 느끼며 항상 행복 호르몬이 나와 숨 쉬는 것만으로도 행복한 명상의 자세입니다. 결론적으로 손의 자세는 우주 자연의 에너지를 호흡을 통하여 우리 몸에 축기를 할 때 음과 양의 조화를 맞추어서 몸과 의식에 이완을 더 빨리 가져오게 한다는 사실입니다. (깍지를 끼는 자세는 처음도 좋고 수련이 익었을 때 사용해도 좋습니다.)

✧ 하아~ 다리 저림 어떻게 해결하여야 하는지요?

이 챕터의 이론은 이해하지만 막상 일상에서 경험해 보면 좀처럼 다리 저림을 극복하는 게 어려움이 동반합니다. 물론 젊어서 이런 자세를 배웠다면 문제가 되지 않지만 대다수 50대가 넘은 사람에게는 다리 저림을 감수하면서 수련을 하게 됩니다. 그만큼 몸과 의식이 굳어 있다 보니 결가부좌나 반가부좌 시 2시간을 못 참고 다리 저림 때문에 발을 교차하는 경우가 있습니다. 이것을 극복하는 방법은 꾸준히 앉아서 몸을 조복하는 방법이며, 하나는 다리 저림 현상이 올 때 그 다리 저림 현상을 끝까지 지켜보면서 내 의식이 집중의 힘이 강하면 몸을 능가하는 것입니다.

✔ 실습하기: 명상과 묵상 시 다리 저림이 오면은 마음속으로 다리 저림이란 이름을 붙입니다. 그리고 그 말에 의식을 집중하면 물리적인 몸의 현상을 극복할 수가 있습니다. 즉 다시 말하면 몸의 요구에 의식이 따라가지 않고 강한 집중력으로 몸을 조복하게 하는 것입니다. (몸이 이완되면 다리 저림도 점차 줄어들고 혈액순환이 왕성하여 점차 느끼지 못할 날이 올 것입니다. 이것 역시 자기 몸에 맞게 점차 시간을 늘려가야 합니다.)

✧ 지금부터 당장 이완을 시작하라

　이 책을 공부하는 여러분 저는 처음부터 여러분들의 내면의 평화를 찾기 위해 그동안 우리가 소홀히 한 것을 안내하고 있습니다. 몸 수련을 시작하려면 지금 당장 이완부터 하라는 말이 좀 당혹스럽고 이해가 가지 않을 수도 있습니다. 그만큼 우리는 이런 문화와 습관에서 멀어진 삶을 살다 보니 지금까지는 그럴 수도 있지만 지금부터는 몸과 의식을 늘 이완 수련을 행하셔야 합니다. 우선은 허리 이완부터 시작합니다.

　✔ 실습하기: 낮은 베개나 목침을 갖고 바닥에 놓고 엉덩이 꼬리뼈부터 이완을 시작하는데 요령은 목침 위에 허리를 올려놓고 개구리가 물 위에서 내족을 편안하게 이완하듯 우리도 그 자세를 취합니다. 이때 들숨과 날숨을 평소보다 천천히 복식호흡을 하시면서 몸의 평온함을 느끼고 다음에 의식의 평온함을 느껴봅니다. 점차 목침을 올리면서 목까지 그렇게 꾸준하게 하시고 나중에는 둥근 목침을 만들어 허리에다 대고 목까지 뒹굴면 허리가 시원함을 느낄 수 있습니다. 처음에는 낮은 것을 사용하고 점차 높은 베개나 목침을 사용하시면 되고, 내 몸에 맞게 무리하지 않고 즐겁게 하시면 됩니다. 이것은 복부신경과 허리, 척추신경을 이완하는 운동입니다. (배꼽에 얇은 돌을 구해 냄비에 약 20분 정도 펄펄 끓여서 수건을 싸서 올려놓고 배꼽 주변의 근육과 신경을 이완시킵니다. 아주 좋습니다.)

쉬어가는 오두막

명상과 묵상을 즐겁게 하시려면 내가 나를 지켜보는 것인데 경험이 없다면 그 알아차리라는 이야기에 공감하지 못할 수가 있습니다. 이것에 대하여 여러 가지 방법이 있지만 가장 단순하고 핵심적인 것을 아시면 두려움 없이 여행을 즐겁게 떠나서 돌아올 때는 진정한 마음 부자가 되어 돌아올 것입니다.

초심자에겐 대상을 알아차리는 것보다 지금 나의 호흡이 들어가고 나가는 것만 집중하시면 됩니다. 이 이야기를 걸망에 잘 챙기셔서 두루두루 산천을 둘러보는 여행이 되고자 지금까지 경험한 것을 잘 안내하여 보겠습니다.

✧ 들숨과 날숨을 지켜보기

*실습하기 1: 들숨의 시작점과 날숨의 끝지점을 세밀하게 지켜보는 스킬을 익힙니다.

날숨의 상태에서 아랫배의 꺼짐 상태를 관찰하고 들숨과 날숨의 전체 과정을 세밀하게 몸과 의식의 느낌을 관찰하여 봅니다. 우리가 사유할 것은 호흡이란 일어남과 사라짐의 연속에서 호흡이 평온하면 의식도 평온하다는 연기적 관계를 사유하며 또한, 호흡에다 의식을 집중하면 번뇌 망상이란 적의 침입에 내가 대처할 수 있는 능력이 가장 빠르다는 것을 사유합니다. 호흡은 부드럽게 시작하고 부드럽게 내쉼을 기억합니다.

*실습하기 2: 호흡 다스리기

일상에서 희로애락이 일어날 때 특히 몹시 화가 났을 때 편안히 좌정하고 허리는 곧추세우고 들숨과 날숨을 인위적인 의도 없이 자연스럽게 들이쉬고 내쉼을 이어가다 보면 화난 마음이 평온을 되찾는 놀라운 현실을 마주하게 됩니다. 그만큼 숨만 잘 쉬면 무병장수와 일상의 삶에서 마주하는 각종 스트레스를 단 호흡 몇 번으로 스트레스는 사라짐을 경험할 수가 있습니다.

*실습하기 3: 호흡에 의식을 담기

점차 들숨과 날숨의 속도를 점차 고요하게 쉬어지면 들숨과 날숨의 시작과 끝을 주시합니다. 들숨과 날숨의 시작과 끝을 전체를 주시하는 의식의 힘이 증장하게 됩니다. 이것이 그냥 하던 들숨과 날숨을 내가 알아차리는 마음의 근력이 강화되는 토대가 되는 것입니다.

*실습하기 4: 들숨과 날숨 하나 되기(통으로)

들숨의 시작점과 날숨의 끝을 주시하는 힘을 기릅니다. 점차 익숙해지면 들숨과 날숨의 중간 지점에서 살짝 멈추는 지점을 알아차림을 합니다. 이 세 가지 동작을 콧속의 털이 움직이지 않게 호흡 전체를 알아차리며 합니다. 그 존재감을 확장시킵니다. (멈추는 시간을 점차 늘려가도 좋습니다) 몸과 의식 더 이완되면 들숨과 날숨이 구분되지 않는 때가 옵니다. (깊은 선정과 묵상시 통으로 느껴짐.)

*실습하기 5: 호흡의 느낌을 알아차림하기

호흡의 느낌을 알아차립니다. 지금 내가 숨 쉬고 있는 호흡이 뜨거운지 시원한지 편안하게 호흡의 느낌에 집중합니다.

*실습하기 6: 호흡을 놓치면 망상이 나옵니다

호흡을 놓치면 망상이 나오게 됩니다. 호흡을 놓쳤을 때는 들숨을 깊게 들이마시면서 다시 호흡을 알아차림하고 이전에 설명한 호흡의 메커니즘의 균형을 찾아갑니다.

*실습하기 7: 몸과 의식의 경안을 얻어 지복감을 느껴보기

우리가 목욕탕에 가서 탕에다 몸을 담그면 아무 생각 없이 행복감을 느끼듯이 몸이 이완되고 천상의 음으로 의식이 이완되었을 때 그 지복감(마음의 안정과 희열)은 인간의 몸을 받아 경험하는 영성의 극치입니다. 그것은 명상과 묵상에서 나와도 그 지복감은 유지됩니다.

*실습하기 8: 깊은 선정과 묵상 경험하기(완전한 내면의 평화를 경험하기)

들숨과 날숨만 폴짝폴짝하며 알아차림이 선명한 깊은 선정과 깊은 묵상 상태(이렇게 되면 나보다 상대를 위하는 삶을 살게 됩니다.)

　✔　호흡은 어떤 마음으로 숨을 쉬어야 하는지요?
　*호흡은 연인같이 다정하고 친절하게 그리고 부드럽게 합니다.
　의념을 너무 강하게 주면 호흡 신경이 스트레스를 받습니다.

처음 호흡 수련을 시작하는 사람에겐 자기의 폐활량에 맞게 조금씩 늘려가며 절대로 무리하지 않게 강제로 호흡을 중간에 멈추어서 오래 있지 않아야 합니다. 호흡 수련은 수련의 핵심이지만 몸과 의식이 이완되지 않은 상태에서 무리하면 호흡 신경과 근육이 놀라 후유증을 남길 수가 있으니 정말 주의하여야 합니다.

저가 안내하는 교차호흡은 복식 호흡이지만 콧구멍을 하나 막고 하다 보니 더 강력한 효과를 내며 몸과 의식 그리고 세포의 이완에 아주 좋습니다.

– 복식호흡: 들숨을 입을 닫고 코로 횡격막을 들어 올려 아랫배의 복부가 불러오게 깊숙하게 천천히 들이마시고 내쉬며 의념은 배꼽 밑에다 둔다. (배꼽 밑 3cm) 복식호흡을 하면 몸과 의식의 이완으로 심신의 안정을 가져오며 각종 성인병에도 탁월한 효과를 나타낸다. (코로 들숨을 하고 날숨은 시작할 때 몇 번 입으로 탁기를 토하고 다음부터는 코로 날숨을 내쉰다. 처음에는 허리를 굽혀 몸속의 탁기를 내보내면 자연스럽게 들숨이 밀려 들어온다.)

*실습하기 1: 교차호흡

기존의 복식호흡이나 단전호흡은 두 개의 콧구멍으로 산소를 흡입하지만 결국은 하나로 모아져서 하나로 들어가듯이 우리가 배우려는 교차호흡은 말 그대로 두 개의 콧구멍을 한쪽을 막고 번갈아가면서 산소를 흡입하는 방법입니다. 자 그럼 안내하여 보겠습니다.

이 호흡은 인도의 우파니샤드에서 시작되어 요가를 하는 사람들에게
는 널리 알려졌으며, 장점은 들숨 시 양질의 산소를 다량으로 흡입하
게 도와주며 교감 신경과 부교감 신경의 균형을 잡아 주고 혈액순환
을 좋게 하며, 활성산소가 생기지 않아 산소 포화도를 높여주어 인체
의 균형을 잡아 준다는 것입니다. 하는 요령은 양 손가락을 교차하여
마주 대고 오른손 두 번째 손가락으로 오른쪽 콧구멍을 막고 왼손 두
번째 손가락은 인중에다 놓고 왼쪽 콧구멍으로 들숨을 천천히 깊게
배꼽 밑까지 들이마십니다. 반대로 왼쪽 콧구멍을 두 번째 손가락으로
막고 오른손 두 번째 손가락은 인중에다 대고 오른쪽 콧구멍으로 날
숨이 천천히 내쉽니다. 이때 주의사항은 천천히 폐활량을 키워 가며
숨을 멈추지 않고 자연스럽게 해야 한다는 것입니다. 이 호흡에는 우
주 자연과 인간의 비밀이 담겨 있습니다. 이 호흡만으로도 우리가 행
하는 그 모든 것을 해낼 수 있는 힘을 여러분들에게 줄 것이니 믿고 따
라 하여 내 안의 평화를 회복하시기를 부탁드립니다. (완전히 개념을 숙
지를 부탁드립니다.)

✧ 명상이나 묵상 중 호흡이 들어가지 않는 경우 이렇게 하세요

위와 장에 음식물이 많으면 들숨과 날숨이 거북하므로 가급적 식사 2~3시간 후에 해야 합니다. 위와 장이 빌수록 몸과 마음의 의식은 가볍습니다. 그리고 위와 장에 가스가 차 있으면 호흡이 들어가지 않습니다. 특히 역류성 식도염이 있으면 공황 장애의 원인인 심장 두근거림이 발생합니다. 코에 비염이 있어도 들숨이 자연스럽지 못하고 식도에 염증이 있어도 호흡하는 게 불편합니다. 이럴 때는 절대 억지로 하지 말고 등에 작은 베개를 고이고 허리를 이완하고 산책을 하든가 등산을 해서 맑은 공기로 오장의 기운을 바꾸어 주는 것도 좋습니다. 질 좋은 보이 차와 산수유차 그리고 죽염이 도움이 됩니다.

금기사항: 카페인에 민감한 사람은 호흡 근육이 굳어 온몸이 굳어 들어오는 경우가 있습니다.

이럴 때는 이렇게 하세요. 당황하지 마시고 몸 이완 마음 이완 의식 이완이라고 염하면서 따뜻한 물을 먹고 허리에 고임목을 놓고 이완시키면 점차 호흡이 들어가서 벗어날 수가 있습니다. (이 방법은 공황장애 증상에서 아주 좋습니다.)

✔ 실습하기: 일단 명상과 묵상을 장소에 구분하지 않고 지금 하시려고 할 때 처음에는 몸풀기 자세로 장에 있는 가스를 배출하여 주는 게 좋습니

다. 그리고 들숨과 날숨을 몇 번 토해 내보시고 호흡의 느낌을 체크합니다. 어떤 날은 호흡이 아주 날렵하고 감미롭게 들어갈 때가 있는가 하면 무겁고 호흡이 들어가지 않는 경우가 있습니다. 호흡이 본인이 생각하기에 둔탁하게 생각되시면 그날은 산책을 하시고 수련을 하지 않는 게 좋습니다. 이런 날 억지로 하시면 호흡 신경이 스트레스를 받습니다. 특히 몸 수련을 시작하면 이런 날이 주기적으로 오니 이럴 때는 몸과 의식을 이완하시고 따뜻한 보이차를 드세요. (조타법이라고 하여 작은 몽둥이 지름이 3~4cm 길이는 30~40 나무로 수련 전이나 후에 등과 목 주변을 두들겨 근육을 이완시킵니다.)

✧ 의념(생각)을 어디에다 둘까?

명상이나 묵상 중 의념은 배꼽 밑에다 두는 게 장거리 마라톤 선수의 입장처럼 여러모로 좋습니다. 콧등이나 기타 등등의 위치는 깊은 명상이나 묵상을 들어가 보지 못한 분들이 하는 말입니다. 때론 몇 시간을 명상과 묵상을 할 때가 있을 때 인체의 호흡의 메커니즘의 밸런스를 잘 유지 할 수 있는 곳 역시 배꼽 밑에다 의념을 집중하고 호흡의 일어남과 사라짐을 집중적으로 관찰하시는 데 아주 좋습니다. (호흡을 놓쳤을 때와 망상이 떠올랐을 때는 민첩하게 의식을 움직일 수 있는 쪽이 숨이 들어오는 코인 것입니다.)

✧ 수련 중 혼침(잠)이 올 때 해결 방법

  잠이 온다는 것은 이미 육체적인 고단함이 내재되어 마음집중이 약해질 때 졸음이 오는데 몇 번을 잠이 오는 것에 대한 인식을 알아차리려고 몸을 가볍게 스트레칭을 하여도 혼침이 사라지지 않을 때는 가볍게 눈을 붙입니다. 이럴 때 좋은 방법은 도리도리하여 뇌의 척수액을 흔들어 놓으면 각성의 효과가 생깁니다. 계속하여 혼침이 올 때는 자리에서 일어나 경행을 하던지 수련을 중단합니다. 여기에서 우리가 배울 것은 음식을 배부르게 먹지 않고 약간 허기가 느껴질 때 수저를 놓는 습관을 드려서 소식일 때 정신이 맑습니다. 절대 배부르고 등 따시면 수마는 따라오는 법이니 소식을 습관화합니다.

✔ 실습하기: 들숨과 날숨에서 들숨을 멈춥니다. 숨을 참으면 각성이 됩니다.

✍ 사유하기: 초심자는 혼침에 못 견딜 정도면 짧게 휴식을 취하고 정신을 맑힌 다음 수련하고 그 외에는 졸음이 오는 것을 인식하는 것이며 지금까지 하던 들숨과 날숨을 길게 토해내어 변화를 주어 혼침이 오고 감을 지켜봄으로써 스스로 스킬을 익힙니다.

✧ 수련 중 번뇌와 망상이 올 때 어떻게 해유

번뇌가 일어나고 사라짐은 뇌의 생리적인 현상이지만 초심자들은 망상이 떠오르면 그것에 내 마음을 동일시하기 때문입니다. 수련 중에 번뇌 망상이 떠오르면 없애려 하지 말고 '모른다'로 내가 말을 걸어주지 않으면 망상은 일어났다 사라지며 좀 더 명상의 스킬이 익숙해지면 올라오는 번뇌와 망상을 없애려 하지 말고 세밀하게 알아차림을 하면 번뇌가 곧 보리가 되는 것입니다. 결론적으로 그동안 살아온 무의식을 정화하는 천상의 음을 염송하면 뇌의 세포가 이완되어 수련 중에 망상이 나오지 않음도 경험할 수 있고 번뇌와 망상은 알아차림이 강화되면 그것이 어떤 작용을 일으키지 못하고 꼬리를 내립니다. 생각감정이 일어나고 사라지는 마음의 현상들을 하나라도 놓치지 아니한 채 세밀히 관찰해 감으로써 그 자연적 성품의 근원을 알게 될 때 그것을 스스로 처리할 수 있는 지혜가 열리면 그로 인해 일어나는 불안과 공포가 사라지고 번뇌와 망상의 감정에서 스스로 해방이 될 수가 있습니다.

*사유하기: 몸을 이완하면 번뇌와 망상은 확연하게 줄어들며 세포에 대하여 공부를 하고 세포가 원하는 파동을 염하면 그 입력된 정보가 리셋이 됩니다. 입력된 정보가 리셋되고 몸의 신경이 원활하게 흘러가면 물청때(번뇌와 망상)는 나오지 않습니다. 결국 수련 중 망상이 떠오르면 세밀한 호흡으로 알아차림을 하시면 망상에서 해방될 수가 있습니다. 정리하여 말씀드리면 고운 파동은 몸과 의식의 세포를 이완하니 인간의 의식은 또한 평화로워진다는 말씀입니다.

✔ 실습하기: 일상에서 부정적인 마음보다 긍정적인 생각으로 항상 내가 상대에게 도움이 되는 이타의 삶을 가지면 몸과 의식이 세포를 더 이완시켜 나의 장애의 문제를 털어낼 수가 있습니다. 이것이 명상과 묵상의 스킬의 한 방법입니다.

✧ 수련에 들어가기 전에 몸풀기

*꿇어앉아 손은 무릎 위에 편하게 놓고 허리를 곧추세워 편하게 자연호흡을 합니다. 허리를 앞으로 숙이면 배속의 가스와 트림이 나와 호흡에 도움이 됩니다.

*평좌(책상다리)에서 허리 돌리기를 하면 역시 장 속의 가스가 배출됩니다.

*작은 구슬(일명 멍게같이 생긴 쇠 구슬)을 이용하여 머리를 자극하고 얼굴을 마사지 하면 혈액순환이 되어 기분이 시원합니다.

*일명 조타법이라고 하여 작은 몽둥이를 이용하여 허리와 목 주변의 근육을 두드려 뭉침을 이완시키고 발바닥 용천혈 역시 두드려서 경혈을 자극합니다.

*다리 양쪽 사타구니와 양쪽 관절 그리고 발목을 마사지하여 근육을 이완시킵니다.

*마지막으로 도리도리를 백 번 정도 하여 목 주변의 근육을 풀어줍니다.

✧ 수련에서 나와서 온몸 마사지하기

수련을 마칠 때는 손으로 피부를 마찰해야 한다. 이것을 하면 수련의 효과가 증대되며 건강한 몸과 의식을 회복하는 데 도움이 된다.

(1) 이 부딪치기: 윗니와 아랫니를 서로 부딪히면 뇌의 신경과 세포가 활성화된다. 그래서 인간은 음식을 먹을 때 치아의 부딪치기 소리의 파동이 뇌세포를 각성하여 치매와 장수에 도움이 된다.

(2) 침 삼키기: 수련 중 나온 달착지근한 침을 한꺼번에 삼키지 말고 천천히 나누어서 넘긴다. 이것이 불로장생하는 영약이다.

(3) 손 비비기: 손바닥이 따뜻할 때까지 서로 비빈다.

(4) 얼굴 비비기: 손바닥의 열기를 이용하여 두 손으로 얼굴을 세수하듯이 위에서 아래로 문지른다. (기혈 마사지)

(5) 눈 지압하기: 손바닥을 이용하여 반시계방향으로 돌리고 시계방향으로 돌려 눈을 따뜻하게 지압과 마사지를 한다. 하고 나면 무척 시원합니다. 그밖에 몇 가지가 더 있는데 여기까지만 안내하겠습니다.

✧ 걷기 명상부터 시작하라

　앉아서 명상하는 게 습관이 들지 않으면 오히려 더 불안과 지루한 시간이 될 수가 있습니다. 아직 앉아야 함을 내 몸과 의식이 준비가 덜 되었을 때는 우선 걸으면서 다른 행위를 하지 말고 허리를 곧추세우고 우주 자연의 기운을 백회로 받는다고 생각하고 의념은 배꼽 아래로 중심을 잡고 한 발 한 발 집중을 하면서 왼발이 먼저 나가는지 오른발이 먼저 나가는지를 관찰합니다.

　그러면서 땅의 느낌을 발바닥으로 느껴봅니다. 맨발 걷기를 할 수가 있다면 그 느낌을 관찰하면서 지금 나는 어떠한 것에 애착과 집착을 하고 있는지 자신을 들여다봅니다. 점차 걷기 명상을 하면서 지금 내가 숨 쉬는 들숨과 날숨을 지켜보고 지금까지 외부로 쏠린 의식을 내 안으로 돌려서 지금 나의 마음 상태를 점검합니다. 즐거운지 괴로운지 즐겁지도 괴롭지 않은 마음을 관찰하면서 내면을 바라보는 힘을 키웁니다. 이렇게 점차 스스로 바라보는 힘이 강화되면 앉아서 조금씩 호흡을 관찰하는 기술을 배웁니다. 모든 것은 즐거운 마음으로 하되 자진하여서 할 수 있는 마음이 나올 때 수련의 효과는 자연스럽게 다가와 이 명상과 묵상의 맛을 스스로 찾아갈 수가 있습니다.

✧ 두 시간 앉을 수 있는 힘 기르기

사랑하는 연인과 함께 있으면 시간이 어떻게 가는지를 모르고 또한, 우리가 맛있는 음식을 먹을 때면 그 음식에 집중하다 보니 무료함을 찾을 수가 없습니다. 우리는 지금까지 교육이 혼자서 조용히 자신을 지켜보는 그런 습관을 가르치지 못하다 보니 성인이 되어서도 혼자서 말하지 않고 가만히 벽을 바라보고 앉아 있으라 하면 굉장히 공포감을 느끼게 합니다. 그리하여 발상의 전환으로 앉는 힘을 길러 보겠습니다. 눈만 뜨면 우리는 의식주를 해결하기 위해 분주하게 움직입니다. 사무실이든 동적인 일을 하든 지금 내가 행하는 그것을 일로 보지 마시고 지금 내가 수련을 하고 있다고 의식을 바꾸면 간단하게 해결이 됩니다. 사실 조금 익숙하여 보면 수련과 일이 구분되지 않습니다. 즉 어떤 것을 하여도 지금 행하는 것이 수련의 연속이라고 생각하면 조금씩 그 힘을 키워 가고 있는 것입니다. 가령 우리가 식사할 때도 그 자리를 지금 내가 수련하고 있다고 생각하면 한두 시간 앉아 있는 것 그렇게 어렵지 않습니다. 진작에 어려운 것은 앉을 힘은 있는데 스스로를 지켜보는 게 망상과 씨름 하는 게 어려울 수가 있는 것이지요.

✍ 사유하기: 두 시간 앉을 수 있는 힘은 지금 내가 행하는 그 모든 것이 다 수련하고 있다고 하는 생각으로 전환을 부탁드립니다. 어느 날 자연스럽게 내 몸과 의식이 그것을 받아들일 수 있다고 사유합니다. 삼십 분에서 한 시간 그러다 보면 두 시간으로 점차 변화되는 나를 만날 수 있습니다.

✧ 헐떡거리는 마음 조복 받기

　이것은 지금에 집중하지 못하고 밖으로 쏘다니는 마음입니다. 내 안의 보석은 보지 못하고 남의 집 세간에 더 관심이 많은 사람입니다. 무엇이 문제일까요? 우선 혼자서 내가 내일을 행하지 못할 때는 스승이 필요하듯 조금은 틀에 박힌 규율을 준수하는 힘을 강화해야 합니다. 아침저녁으로 내가 정한 숙제를 매일매일 마무리하는 습관을 통하여 게으름을 조복받고 외부로 향하는 마음을 지금 여기에 내려놓게 하여야 합니다. 그것에 필요한 것은 매일매일 손빨래를 하던가 걸레를 빨아서 방을 쪼그리고 닦는 연습을 통하여 헐떡거리는 마음을 가라앉게 할 수가 있습니다. 손빨래나 비질 걸레질은 단순하지만 섬세함을 포함하기에 마음의 세밀함을 키우는 데 도움이 됩니다. 마당가 잡초를 뽑는 것도 마음이 가라앉지 않으면 도저히 할 수가 없듯이 이런 근원적인 일을 통하여 들뜬 마음을 가라앉히는 데 좋은 방법들입니다.

✔ 실습하기 1: 하기 싫은 일을 할 때 마음을 조금씩 조복을 받습니다. (인내력을 겪을 때)

✔ 실습하기 2: 면벽 바라보기. 반가부좌나 결가부좌 2시간 앉기.

✧ 호흡이 새털처럼 가볍게 하려면 이것을 하라!

  상수도의 물도 오래 사용하다 보면 물 청대가 끼어서 때론 오염물질이 나오듯이 우리의 몸도 지금 순간순간 호흡을 하고 있지만, 스스로가 느끼건대 호흡이 대개 다 둔탁한 느낌입니다.

  위의 상수도 호수의 예처럼 우리의 호흡신경과 폐, 기도 등이 이완이 덜 되다 보니 내가 지금 숨 쉬는 게 감미롭다는 생각과 느낌을 받아보지 못하였을 것입니다. 그런데 교차호흡과 천상의 음을 부르고 나면 숨 쉬는 게 그렇게 감미로울 수가 없습니다. 이것은 무엇을 의미하는가 하면 몸과 의식 이완되면 신체는 근원적인 생명의 밸런스를 발휘한다는 것입니다. 일단 호흡이 감미로워지면(봄바람같이 부드러워지면) 느낌이 섬세하고 군더더기(번뇌 망상)가 끼지 않아 섬세합니다. 무엇을 어떻게 하려고 할 필요가 없고 호흡이 감미로워지면 몸과 의식 스스로 알아서 내면의 평화의 모드로 만드는 역할을 한다는 것입니다. (서로 주고받음)

✍ 사유하기: 교차호흡과 천상의 음은 세포를 이완시켜 우리의 몸과 의식 더 순수의 나로 만들어 줌을 사유합니다. (첫 호흡 상태에서 이미 선정과 묵상의 승패가 느껴짐.)

✧ 정지 기술 익히기

정지는 순간순간 내 마음의 상태를 관찰하는 능력을 말합니다. 정지의 기술을 키우지 못하면 둔감한 명상과 묵상의 습관을 배울 수가 있습니다. 또한, 정지는 우리의 마음을 유용하게 제어하는 스킬을 배우게 합니다.

🌱 사유하기: 호흡 그 차체는 즐거운 대상, 고결한 대상도 아니고 다만 호흡에 집중할 때 마음은 욕망이나 기타 혐오를 일으키는 것에 개념적, 지각적 자극으로부터 벗어나는 명료한 각성의 상태에 머물게 합니다. 그로 인해 그 불안과 두려움에서 벗어난 행복의 느낌을 회복할 수가 있습니다.

✧ 느낌 관찰하기

마음은 세포의 운동성이다. 세포는 에너지 파동으로 의식을 만든다. 의식은 에너지 파동으로 몸의 작용을 한다. 이것이 현대 과학에서 규명한 마음이 만들어지는 원리를 충분히 사유하고 느낌에 대하여 공부해 봅니다. 최초의 접촉이 일어나면 취사심이 발생하여 좋은 느낌, 괴로운 느낌, 좋지도 즐겁지도 않은 세 가지의 느낌이 발생합니다. 이 느낌에 의하여 우리는 실재하는 것으로 착각하여 욕심이 발생합니다. 그러나 우리가 사유할 것은 우리가 느끼는 세 가지의 느낌은 무상하고 괴롭고 변한다는 것을 바로 알아야 합니다.

✔ 실습하기: 다섯 가지 감각적 욕망에 대하여 실습을 합니다. 눈으로 인식되는 유혹의 형상들, 귀로 인식되는 사랑스런 소리들, 코로 인식되는 탐하기 쉬운 유혹들의 느낌, 혀로 인식되는 매혹적인 맛의 느낌들, 몸의 접촉으로 인식되는 사랑스런 접촉의 느낌들을 느껴보고 그 느낌에서 나는 얼마나 끌려가는지를 스스로를 점검하고 궁극에는 이런 느낌에서 끌려가지 않는 지켜보는 마음훈련을 키웁니다. 이것이 호흡을 통하여 알아차림의 힘을 강화할 때 극복할 수가 있습니다.

✔ 실습하기: 일상에서 항시 지금 나의 마음의 상태를 체크하는 습관을 가지고 그 느낌이 좋은지, 나쁜지, 좋지도 나쁘지도 않은지를 확인하는 습관을 기릅니다. (정지기술 사용)

✔ 실습하기: 씽인볼 소리를 처음부터 끝까지 변화되어가는 과정을 지켜보는 힘을 기릅니다. 소리 없는 침묵의 느낌을 느껴봅니다. 이 모든 것을 느끼는 알아차림을 인식합니다.

✧ 집중력을 강화하기

우리 몸의 핵심인 세포는 끊임없이 운동하는 속성을 지니고 있습니다. 인간 역시 일어나고 사라지는 호흡의 연장선에서 살아가기에 늘 에고의 출현은 지극히 정상적인 것입니다. 그 움직임의 속성을 인정하고 우리가 고요함을 유지하려면 우리 몸과 의식의 속성을 이해하면 아마도 좀 더 균형을 맞출 수가 있다고 생각합니다.

흘러가는 물에는 이끼가 끼지 않듯이 우리 몸도 역시 신경경락이 원활하게 흘러가면 세포가 평화로워 몸과 의식은 서로 조화로워 산란한 마음이 줄어들게 되어 있습니다. 그래서 집중력을 강화시키는 근본은 몸과 의식을 이완시키는 데 집중하는 것입니다. 지금까지 우리는 집중력을 강화하기 위하여 외부적인 방법을 사용합니다. 그래서 저는 좀 더 원천적이고 근본적인 것을 들여다보면 그 해결 방법이 나온다는 것입니다. 뒤에서 나오는 교차호흡과 천상의 음과 우리 몸의 차크라는 이완하는 게 집중력을 강화하는 방법이라고 말씀을 드리고 싶습니다. 몸과 의식을 이완시키고 맑고 밝은 자비심을 강화하면 설사 번뇌 망상이 있어도 우리를 해하지 않습니다. (우리 몸을 태초의 신성으로 회복하면 가지고 있는 인간의 오감이 더 민첩하여 따로 집중력을 강화하지 않아도 몰입의 힘은 스스로 나오게 되어 있습니다.)

✔ 실습하기 1: 뒤에서 배울 교차호흡과 천상의 음을 신명 나게 염송하시면 에너지 차크라는 자연의 순리대로 열리게 되어 있습니다. 이렇게 되면

호흡을 장악하는 힘이 강화되어 호흡이 자동으로 세밀하고 감미로운 호흡이 되어 자연적으로 집중력의 오감이 민감하게 개발이 됩니다. 그만큼 인간의 백회의 신경이 이완되면 우리가 본래 가진 신성을 회복하기에 몸과 의식은 새롭게 태어나는 꼴이 되는 것입니다. 이것이 진정한 집중력을 강화하는 길이라고 저는 여러분들에게 처음부터 낯선 이야기를 드리게 되어 죄송합니다. 뒤에서 설명드리니 일단 개념만 숙지하시고 안내하여 보겠습니다. 차선책으로는 복식호흡을 하시고 숫자를 10가지 세고 거꾸로 내려오는 연습도 초심자에겐 좋습니다.

✔ 실습하기 2: 행동하기 전에 의도를 알아차리는 습관을 익힙니다. (일상의 몸의 동작을 알아차림하는 습관을 강화시킵니다.)

✧ 몸과 마음 조복 받기

몸은 마음을 담는 그릇이며 마음은 몸을 통하여 나오기에 몸이 이완되면 마음 또한 고요하여 조건이 갖추어지면 스스로 곡식이 열매를 맺듯 우리가 추구하는 내면의 평화는 그다지 따로 무엇을 취하지 않아도 자연스럽게 꽃이 피는 것과 같습니다. 몸을 조복 받는다는 것은 본래 우리가 지니고 있는 인간 본연의 신경을 이완하여 태초의 몸으로 회복하는 것이며, 어디서 없는 것을 가지고 새로운 것을 만드는 것이 아님을 이해하셔야 합니다. 이처럼 몸을 조복받으면 명상과 묵상은 날개를 단것과 같기에 우리는 다소 힘들더라도 인간이 본래 지닌 일곱 개의 신경을 회복하는 데 노력을 다해야 합니다.

🌿 사유하기: 우리가 본래 지닌 일곱 개의 에너지 신경을 이완하는데 포기하지 않고 도전하면 몸도 건강하고 마음도 행복하며 궁극에는 이대로 행복함을 누릴 수 있음을 이제는 받아들여야 할 시대적 과제입니다.

✔ 실습하기: 지금까지 하고 싶은 욕망을 처음부터 바꾸기엔 쉽지가 않습니다. 그리하여 처음에는 먼저 그 의도를 알아차림하는 습관을 익힙니다. 의도를 알아차림하는 힘이 강화되면 욕망을 다스릴 수 있는 나를 마주할 수가 있습니다. 하나 더 말씀을 드리면 예를 들어 담배를 끊겠다고 생각하면 이유가 필요 없이 그냥 끊는 것입니다. 여기에는 무슨 방법이 필요 없듯 몸과 마음을 조복받는 것이 수련이고, 이것을 통하여 내면의 평화를 회복하는 길입니다.

✔ 실습하기: 정해진 수련시간 꾸준하게 지키기, 면벽 바라보기.

✧ 몸과 의식 이완이 답입니다

우리가 명상과 묵상을 하는 첫 번째는 진정한 행복의 길을 찾기 위해서입니다. 그렇다면 우리가 여기에서 하나 사유할 것은 우주 자연의 진동과 이완이라는 키워드를 사유하여야 지혜가 증장한다는 것입니다. 무슨 이야기냐 하면, 엄마들이 아이를 낳을 때 온몸의 뼈마디가 다 이완이 되어야 아기가 나오듯이, 꽃망울이 열리려면 따듯한 햇살이 필요하듯이 인간 역시 머리의 이완 몸의 이완 의식의 이완이 되면 초월의 순수 의식을 경험하는 데 핵심임을 사유하시기를 부탁드립니다. 손을 움켜쥐면 주먹이 되고 손바닥을 펴면 모든 만물을 쓰다듬을 수 있습니다. 이것이 이완은 거스름 없이 순리적으로 스스로 드러나니 늘 일상에서 몸과 의식을 이완 모드로 살 수가 있다면 봄바람을 만나면 자연스럽게 꽃망울을 내밀 수 있습니다.

✍ 1분 사유하기: 궁극의 가르침은 상대적인 개념을 초월하는 것입니다. 바람을 버리고 본래 그러함을 경험하는 것입니다.

✧ 세상에서 가장 어려운 면벽 바라보기

아무것도 하지 않고 펄펄 끓는 열정을 가진 사람에게 벽을 바라보며 앉아 있어 보라면 그것은 그에게는 거의 죽음과 같은 시간입니다. 이런 이야기를 적는 것도 몸과 의식이 차분하여야 앉을 힘이 생기고 그것도 벽을 바라보며 결가부좌로 앉으라면 초심자에겐 너무도 과분한 일입니다. 저가 이렇게 이야기를 하여도 여러분은 스스로 자신을 알기에 자기의 몸과 의식의 상태에 맞추어서 점차 나가야 마찰이 생기지 않습니다. 이런 헐떡거리는 마음을 조복받는 게 벽을 보고 앉는 것입니다. 그렇고 보면 달마는 9년이란 소림굴에서 면벽을 하며 제자를 기다렸다는 그 깊은 내공은 우리들의 마음에 감동을 줍니다. 하나하나 명상과 묵상의 스킬을 충분히 익히고 명상의 장애들을 지나고 나서 지복의 행복을 경험하면 몇 날을 앉아 있고 싶은 충동을 느낄 날이 올 것입니다. 저 역시 수년을 그 지복감이 주는 감동을 사유하고 그것이 우리의 일상의 삶에 적용이 왜 미미한가를 사유하게 되었습니다.

✔ 실습하기: 방석에 좌정하고 나서 눈을 지그시 감으면 각종 생각의 사념들이 찾아올 것입니다. 호흡은 인위적인 것이 아닌 자연스런 호흡을 합니다. 어떠한 생각에도 말을 걸지 않고 그냥 주시하고 주시합니다. 여전히 나는 관찰자 입장에서 그것과 동일시하지 않고 호흡만 들숨과 날숨을 아주 평온하게 일어나고 사라짐만을 관찰합니다. 망상은 없고 일어나고 사라짐만이 남아 점차 호흡마저 잃어버립니다. 이 순간 나의 의식의 투명도는 너무도 맑고 밝아 아주 선명하게 느껴지며, 내면에서 울리는 텅 빈 침묵의 메아리를 듣습니다. 여기에서 우리가 사유할 것은 몸 수련을 하시면 몸과 의식은 금세 이완되어 나의 육신의 무게를 느끼지 못하고 몸이 평온하니 의식 역시 고요하여 짐을 앞에서 몸과 의식은 서로 연결되었다고 배웠습니다. 의식적인 관념의 수련을 하시면 궁극의 깊은 명상과 묵상의 진입이 좀 어

렵고 그 이유는 대자연의 에너지의 도움을 받으면 꽃망울이 꽃을 피우는 격입니다. 즉 의식의 선명도와 명료함을 더 리얼하게 경험하니 인간의 의식에 명상과 묵상이 영향을 주게 되는 것입니다.

✧ 백일 축기

이것은 초심자에겐 해당이 되지 않습니다. 어느 정도 명상과 묵상을 혼자서 행할 수 있을 때 좀 더 몸과 의식을 순수하게 만들기 위하여 조금의 담금질이 필요합니다. 앞에서 공부하였듯이 우리가 20일 100일을 수련하는 기간은 다 세포의 변성이 이루어지는 기간에 맞추었기에 백일 축기를 하는 것입니다. 처음에는 21일을 몇 번 하여 힘을 기른다면 백일을 정하여 수련하면 몸과 의식에 많은 변화가 옴을 확인할 수가 있습니다.

✔ 실습하기: 절제하기(술, 담배), 하루 두 끼 식사하기, 금욕 실천, 삼 일 단식하기, 하루에 8시간 수련하기, 교차호흡, 준장 오백 개 하기, 천상의 음 8시간 매시간 하기, 밀가루 음식 먹지 않기, 수련 외 묵언하기, 한 시간 산책하기, 일체의 책과 스마트폰 보지 않기, 일체 모든 생명을 평등하게 자식같이 사랑하는 마음을 갖추겠다고 60조의 세포에 입력하여 1초 안에 '예.' 하는 대긍정 마인드 나오기. 정(精)은 충만하여야 에너지가 되고 그 응축된 에너지는 솟아오르는 힘을 발휘할 수가 있습니다.

✍ 사유하기: 백일 축기에서 가장 중요한 것은 금욕입니다. 이것을 못 참으면 공든 탑이 무너지는 것이고 수련에 진전이 없습니다. 이것을 잘 극복을 하여야 단전이 이완되고 백회도 이완됩니다. (정이 차면 망상이 아른거립니다. 허리 돌리기와 달인 자세를 취하여 기혈을 순환시키는 게 필수입니다.)

✧ 우리가 몸 수련을 하여야 하는 이유는 이것입니다

몸과 마음은 동전의 앞뒤같이 서로 연결되어 있다는 것을 과거의 우리의 조상님들은 분명하게 체득하고 수련을 가르쳤건만 어느 날 어느 때에 흑심의 독재자가 이것을 빼먹게 하여 인간이 자기보다 더 우량한 영성을 지니지 못하게 한 이기심에서 비롯되었다는 것이 증명됩니다.

오늘날 과학은 이것을 증명하는 데 우리는 왜 이것을 소홀하게 되었는지 스스로 규명하시길 부탁드립니다. 몸이 이완되지 않은 상태에서 명상과 묵상에 번뇌 망상이 더 많이 나오는 게 당연한 이치입니다. 몸의 신경이 이완되면 몸 구조상 신경 네트워크는 더 민첩하게 서로 유기적인 관계로 이완되어 균형을 이루기에 어느 한쪽에 부담을 주지 않습니다. 특히 마음을 만드는 곳이 우리의 뇌이기에 천상의 음으로 뇌가 평화로워 세로토닌 호르몬이 졸졸 나오니 더 이상의 요구가 줄기에 훈습의 번뇌는 줄어들게 우리 몸은 태초에 그렇게 이미 만들어졌던 것입니다. (몸과 의식이 이완되면 뇌에서 명령을 하달하지 않음) 몸이 이완되면 첫째로 오온의(색, 수, 상, 행, 식) 느낌이 사라집니다. 몸의 존재를 느끼지 못하면 무심으로 들어가기에 의식이 이완되면서 호흡이 점차 가늘고 얕아지며 초집중력으로 들어가면서 몸의 느낌이나 의식을 더욱 선명하게 알아차림(해상도가 맑음)을 합니다. 결론적으로 몸이 이완되면 명상과 묵상은 조건이 형성되어 몸과 의식이 알아서 하는 것임도 공감하게 될 것입니다. 의식으로 하는 수련은 이래서 좀 부족하다고 말씀을 드리는 것입니다. 즉 건강한 몸과 건강한 마음으로 장수할 수 있는 조건을 갖추었기에 몸 수련은 이 시대 필수입니다.

✧ 비판단으로 지켜보기

방석에 좌정하여 보면 온갖 사념의 잔재들이 떠오른다. 맛있는 것을 더 먹어야 한다는 생각, 소주 한잔의 그리움, 연인과의 달콤한 키스 생각, 사업에 실패하여 방황하던 그 모든 것들이 움직일 때는 몰랐지만 고요히 앉으면 영화의 스크린처럼 떠오른다. 이제 아무것도 선택하지 않고 좋음도 나쁨도 좋지도 나쁘지도 않은 선택하지 않음 비판단으로 어릴 적 친구들과 놀던 마을 동산에 올라 멀찌감치 고향 마을을 지켜보듯 그저 지켜본다.

✔ 실습하기 1: 선택하지 않은 비판단의 마음을 호흡에다 싣는다. 앞에서 배웠듯이 호흡에다 의식을 싣고 점차 들숨과 날숨을 전체를 알아차림하면서 세밀하게 호흡을 이어간다. 궁극에는 사념의 잔재는 사라지고 들어가고

나가는 호흡만이 이어짐을 확인할 수 있습니다. 이것이 비판단으로 지켜보면서 망상을 극복하는 스킬입니다.

✧ 명상과 묵상의 핵심은 주시자다

그동안 우리가 어떻게 살아왔는가는 동적인 부분에서는 드러나지 않지만 좌정하여 보면 다양한 삶의 조각들이 다 말을 걸어오고 그중에 좋은 것보다 힘들고 괴로웠던 환상들이 유혹이 손길을 건넨다. 명상과 묵상의 길에서 우리는 스스로를 조련하는 조련사의 기술을 알기만 하면 그 환상의 손짓에 손을 내밀지 않고 바로 여기에서 지복의 평화를 누릴 수가 있습니다.

✔ 실습하기: 그 마음의 재잘거림을 지켜보고 더 나아가서 주시한다. 의식만으로 지켜보고 주시하는 것은 망상을 극복할 수가 없기에 반드시 우리는 호흡이란 메커니즘을 이용하면 들끓는 욕망의 환상들을 조용하게 잠재울 수가 있습니다. 호흡을 통하여 지금 내면에서 일어나는 상황들을 관찰하는 주시자의 여유로움을 경험할 수가 있습니다. 결론적으로 지금 일어나는 어떤 물리적인 상황에 대처하는 지혜는 비판단으로 호흡에 의식을 담아 그 상황을 멀찌감치서 주시하는 스킬을 익히면 명상과 묵상은 늘 지복의 평화를 온전하게 경험할 수가 있습니다.

✧ 나만의 명상 공간 확보하기

　명상과 묵상을 하는 곳은 그다지 특별한 장소가 필요할까요? 저의 경험을 말씀드리면 잠자는 공간에서 수련은 아무래도 주변이 산만하고 각종 유혹의 손길들이 기다리고 있습니다. 그러니 집에서 작은 방이 하나 있으면 기도 방으로 꾸며서 가족들이 번갈아 가며 수련을 할 수가 있으면 좋습니다. 그런데 만약 그런 공간이 여의치 않으면 방에다 텐트를 치고 자기만의 공간에서 수련하여 보면 몸과 의식 더 집중되고 신심이 더 나오는 것 같습니다. 아니면 외부에 기타 사랑방이나 피정의 집을 만들면 그런 곳에서 수련하면 몸과 의식이 더 깨어나서 고독과 침묵이 주는 그 고요함을 온전하게 즐기고 받아들일 수가 있습니다. 결론적으로 나만의 명상 공간은 필요하고 명상과 묵상을 통하여 영적인 힘을 보강하여야 삶에 지치지 않고 언제나 늘 행복한 내면의 평화를 지켜낼 수가 있습니다.

✔ 실습하기: 텐트를 치고 암막 커튼을 치면 더 효과적입니다.

✧ 명상과 묵상의 세 가지 핵심

몸과 의식을 이완시킵니다. 늘 텅 빈 항아리 모양처럼 나의 몸과 의식을 이완시킵니다. 일체의 안다는 생각을 내려놓고 모른다. 모드로 전환을 시키고 심호흡을 합니다.

✔ 실습하기 1: 번뇌 망상과 싸우지 않습니다. (번뇌를 사랑과 자비심으로 바꿈을 사유.)

✔ 실습하기 2: 내 마음속 지금 일어나는 상황을 그냥 지켜보는 것.

✔ 실습하기 3: 마음속에 어떤 일이 일어나도 간섭하지 말고 그냥 지켜보는 것입니다. 비판단으로 그것을 호흡과 함께 평온하게 주시하는 것입니다. 수련의 진척은 내가 공부하려는 개념을 충분히 사유하고 그것이 언제든지 나올 수 있게 개념 정리가 되어 듣고 사유하고 반복하는 것입니다.

✔ 실습하기 4: 망상이 올라올 때 모른다고 의념을 두면 분별 작용이 멈추어집니다.

✧ 명상과 묵상의 어려움을 극복하는 법

나란 에고가 없다면 어떻게 알아차림을 할 수가 있으며 반면에 나란 에고가 너무도 강력하게 나오기에 명상과 묵상의 어려움이기도 합니다. 명상과 묵상의 길에서 노련한 조련사가 되는 길은 결국 에고를 잘 다루는 것이며, 그러려면 에고의 속성과 좀 심리적인 문제를 사유하여야 그 어려움을 극복할 수가 있습니다. 우리가 어린아이 때는 백지수표처럼 사물을 이름 짓지 아니하고 그저 순수하게 바라보았습니다. 이것입니다. 명상과 묵상 중에 떠오르는 에고에 이름을 붙이지 않고 주시하기만 하고 언어화하지 않는 것입니다.

✍ 사유하기: 우리는 지금까지 자기를 들어내야 성공한다고 교육을 받았습니다. 그런데 명상과 묵상 중에는 반대로 내가 없어야 우리가 추구하는 내면의 지복의 평화를 경험할 수 있다는 것입니다. 좀 상반되는 것이 음양의 법칙이기에 개념과 원리를 사유하면 그 속에서 자유를 찾을 수 있습니다. 그것이 명상과 묵상의 세 가지 핵심이면 충분합니다.

✧ 알아차림을 놓쳤을 때 이렇게 하라

명상이나 묵상 중에 정신이 산란하여 알아차림을 놓칠 경우 당황하지 말고 조금 전까지 행하던 호흡으로 빨리 귀속하는 것입니다. 가장 먼저 코끝에 들어오는 들숨을 알아차림하고 들숨과 날숨의 밸런스를 타는 게 우선이고 점차 들숨과 날숨의 간격을 지켜보며 기존 호흡의 메커니즘을 회복하는 것입니다. 이래서 호흡은 우리 내면의 평화로 안내하는 진정한 친우이자 스승인 것입니다. (이때 팁은 호흡이 들어오는 쪽으로 우선 알아차림을 하고 서서히 배꼽 아래로 이동합니다.)

*배꼽 아래는 의학적으로 규명되지는 않지만 이곳에서 몸 전체로 퍼져나가는 에너지를 느낍니다.)

◇ 일상에서 깨어있지 못함을 받아들이기

전문 명상가도 한순간을 놓치면 망상과 여행을 떠나 침을 흘릴 때가 있습니다. 그럴 때는 긴장하지 말고 지금 상황을 인식하고 들숨과 날숨을 평상시보다 더 깊게 들이쉬고 내쉼을 조금 빠르게 2~3회를 하면서 다시 명상의 파도에 올라타야 합니다. 이 모든 것은 다 결국은 호흡으로 귀속되고 호흡으로 명상과 묵상의 장애를 가장 효과적으로 극복할 수가 있습니다.

🌿 사유하기: '호흡은 우리의 생명줄이다.'를 기억해야 합니다. 동시에 내면의 평화로 안내하는 안내자이기도 합니다.

✧ 일상에서 스트레스를 치유하는 방법

우리가 화가 올라오는 첫 번째 이유는 상대에게 바라는 마음이 있기 때문입니다. 또한, 상대와 나는 분명하게 다르다는 생각을 하지 못해서입니다.

✍ 사유하기: 상대에게 바라는 마음이 있는 한 괴로움은 계속 발생하고 반대로 상대에게 바라는 마음이 없으면 괴로울 게 없는 것입니다.

남자와 여자 상대와 나는 분명하게 다른 성격을 가지고 있는데 우리는 상대가 내 말을 들어 주고 내 식대로 하여주기를 기대하는 마음이 있고 상대와 내가 다름을 인정하면 일상의 삶에서 이해를 하여주고 자비를 베풀 수가 있습니다. 결론적으로 이 세상에 내 마음에 들려고 태어난 사람이 없다는 것을 자각하면 스트레스를 받지 않습니다. 모든 것은 상대에게 바라고 나와 상대가 같다는 마음에서 분쟁이 일어남을 기억해야 합니다. 그냥 눈앞에 상대의 행동에 토를 달지 않고 인정하여 주는 습관을 들이면 좋습니다.

✧ 우리가 일상에서 마음의 평정을 잃는 이유?

상대의 말과 감정적인 모욕이 나의 자존심을 건드렸고 상하게 하였다고 우리는 동일하게 여기기에 마음의 평정을 잃습니다. 그래서 명상과 묵상을 하는 이유가 일상으로 복귀하는 회복탄력성이 강화되기 위함입니다. 하나 더 사유하여 보면 사물은 변화함이기에 고정된 것이 없습니다.

그런데 우리는 눈에 보이는 게 실재한다고 보고 그 속성은 서로서로 상호의존하여 존재한다는 자연의 법칙에 사유가 부족함이 원인입니다. 존재하는 사물의 실상을 바로 보고 그 이치를 자연 속에서 확인하면 의심이 일어나지 않습니다. 그러면 그러려니 할 수 있고 '오죽하면 그럴까?' 하는 마음의 여유가 생겨 상대에게 끌려가지 않습니다.

✔ 실습하기: 상대의 행동이 마음에 거슬려도 잣대를 대지 않고 있는 그대로 평정심으로 보는 마음 훈련을 익힙니다. (측은지심을 키웁니다.)

✧ 명상이 진전되는 때는 언제일까?

수련 그 자체를 만족과 기쁨을 본인이 스스로 확인할 때입니다. 매일 꾸준하게 조금씩 하는 사람은 이길 수가 없습니다. 기도 방석에 앉은 만큼 진전이 되어가고 있습니다. 이것은 평생 하는 것이기에 즐겁게 하는 습관을 가지시면 좋습니다.

✧ 명상과 묵상을 하여도 멈추어 있는 원인은 이것입니다

영성의 삶과 일상의 삶에서 우리가 하나 소홀히 하는 것은 원력이 너무도 약하다는 것입니다.

자연의 공부를 하여 보면 그 끝은 무한한 사랑과 자비심으로 소리 없이 베풀고 있다는 것을 깨닫습니다. 우리가 숨 쉬는 자연조차도 이타의 마음으로 한량없는 자비를 주고 있는데 만물의 인간이 나 하나만 의식주 해결에 골몰하는 것은 아직 영적으로 깨어나지 못하여서 하는 말입니다.

진정으로 바르게 깨어나면 나눔밖에 없습니다. 이처럼 부자가 되어 이웃들에게 나누겠다는 원력이 부자가 되게 하고 영성의 길 역시 우리의 스승을 더욱 빛내야 한다는 이런 큰 대비심이 나와야 뼈를 깎는 아픔을 쓸어안고 공부할 수가 있는데, 그러하지 못하니 스스로를 채찍질이 나약하고 게으르고 타성에 젖어 살기에 용맹한 사자의 기상이 나오지 않는 법입니다.

배부르고 등 따시면 우리의 영혼은 증장이 안 되고 그대로 멈춥니다. 더 분발하여 지구촌을 내가 이롭게 하겠다는 서원을 가슴에 늘 새겨야 공부가 익어 감을 명심하여야 합니다.

✧ 집중하는 것이 숨 쉬는 것만큼 쉬어진다

사실 이 말은 명상과 묵상을 시작하는 분들에게 오해받을 수가 있는 말이어서 무척 조심스럽습니다. 그런데 명상과 묵상의 달인이 되면 내가 하는 것 같지만 앞에서도 수없이 설명하였지만, 몸과 의식이 평온 모드로 들어가는 조건을 만들어 주면 집중하는 것이 숨 쉬는 것만큼 쉽다는 것을 여러분 스스로 증명하실 수가 있습니다. 무엇이든지 자연의 순리대로 사유하고 왜 그런지 스스로에 관한 질문을 드려야 발전이 있습니다. 그래야 남들에게 안내할 때 더 감동을 줄 수가 있습니다.

제3장

내면의 평화를
회복하는
2단계

쉬어가는 오두막

지금까지 1장에서는 그동안 우리가 놓친 것에 대한 개념을 사유하여 보았습니다. 그 개념을 토대로 2장에서는 명상과 묵상에 들어가는 기초적인 스킬을 공부하였고 이제 3장에서는 여러분들이 그동안 놓친 것을 실질적으로 에너지를 만드는 몸 수련과 의식 수련을 병행하여 시작하여 볼 것입니다. 다시 한번 말씀을 드리지만, 어떤 종교적인 것을 배제하고 저는 지구촌 가족들이 우리가 그동안 소홀한 공부를 통하여 다 함께 궁극의 행복과 내면의 평화를 찾을 수 있는 길로 안내하는 것이 저의 목적입니다. 이 과정을 공부하고 나시면 여러분들이 공부하는 진리를 더 깊이 공부하는 계기가 됨을 자신 있게 말씀을 드리니 선입관을 버리고 같이 공부를 부탁드립니다. 저가 안내하는 내면의 평화를 회복하는 행복 자비 명상은 수련마다 먼저 몸 수련을 원칙으로 안내합니다. 예를 들어 두 시간을 수련한다면 한 시간은 몸 수련의로 충분히 몸과의 식을 완전히 이완하고 나머지 한 시간을 결가부좌의 자세로 내면의 평화를 경험하는 코스로 안내합니다. 일상에서 방법을 배워서 나중에 숙달되시면 몸 수련을 이십 분만 하고 나머지는 명상과 묵상을 하시면 됩니다. 몸이 완전히 이완되시면 바로 결가부좌의 자세로 2시간을 명상과 묵상을 하는 것입니다.

자, 그럼 그동안 우리가 소홀히 한 몸 수련을 시작으로 몸도 건강하고 마음도 행복하는 길, 즉 '나에게로 떠나는 여행'을 시작하겠습니다.

내면 평화는 내가 나에게 주는 최고의 선물이다

✧ 텅 빈 무의 근원 경험하여 보기

　안다는 생각이 있으면 이 내면의 평화를 회복하는 여행에서 길을 잃을 수가 있습니다. 지금부터 우리가 보고 듣고 배운 것은 잠시 내려놓고 '모른다' 모드로 전환하시되 그 모른다는 것을 인식하는 의식만큼만 걸망에 지고 여행을 떠납니다. 우리에게는 이것이면 족하고 이것만 숙지하시면 여행길에서 숙식을 해결할 수가 있습니다. 철저하게 모른다고 할 때 우리는 우리의 내면 검색하는 길을 찾을 수 있습니다. 모른다고 할 때 나와 연결된 관계의 밧줄을 단 한 칼에 벨 수가 있어 무의 근원인 텅 빔을 만날 수 있습니다. 나의 몸과 의식을 모른다고 내려놓을 때 저 깊은 우리의 심연에서는 텅 빈 울림이 진동합니다. 그것은 내가 항아리 모양으로 철저하게 비웠을 때만이 진동이 울리는 것입니다. 나와 관계된 모든 인드라망을 단칼에 베어버리고 우리의 태곳적 고향을 만나러 다 함께 내면의 평화 여행을 떠납니다. 모든 고정관념을 내려놓으시고 이완된 마음으로 열차 출발합니다.

✧ 가슴 열기

복식호흡을 하며 의념은 배꼽 밑에다 두고 들숨이 원활하게 들어가지 않는 경우는 가슴과 배꼽 사이의 신경이 이완이 부족하여서입니다. 가슴을 좀 말랑말랑하여야 들숨이 감미롭게 들어갑니다. 우선 1차적인 부분은 손으로 깍지를 끼고 가슴 명치(전중혈)를 손으로 두드려 주시고 두 번째는 교차호흡을 평온하게 하시면 호흡 신경이 이완되어 차분하게 들어가면 된 것입니다.

가끔 수련 중에 호흡이 복압이 높아져(배 속에 가스가 차서) 호흡이 들어가지 않을 때가 있습니다. 이럴 때는 무리하게 호흡하시면 호흡 신경이 다치니 자연 호흡을 하시던가? 산책과 몸을 이완시키는 게 중요합니다. 여기에서 우리가 알아야 할 것은 횡격막 신경이 이완되고 들숨 시 횡격막이 움직이면 횡격막 신경이 이완된 것입니다. 이것에 대하여 뒤에서 횡격막 신경 이완하기에서 설명을 드리겠습니다.

✔ 실습하기: 수련 후 항상 가슴에 '고맙습니다. 감사합니다. 덕분입니다. 사랑합니다.'를 60조의 세포가 알아듣게 진심으로 전합니다. 가슴은 나의 생명이고 가슴은 온유해야 합니다. 가슴과 하나 되어 가슴의 소리를 손바닥으로 느낍니다. '당신을 사랑하겠습니다.' 이렇게 속으로 염합니다.)

✧ 교차 호흡하기

기존의 복식호흡이나 단전호흡은 두 개의 콧구멍으로 산소를 흡입하지만 결국은 하나로 모여서 하나로 들어가듯이 우리가 배우려는 교차 호흡은 말 그대로 두 개의 콧구멍을 한쪽을 막고 번갈아 가면서 산소를 흡입하는 방법입니다. 자 그럼 안내하여 보겠습니다.

이 호흡은 인도의 우파니샤드에서 시작되어 요가하는 사람들에게는 널리 알려졌으며 장점은 들숨 시 양질의 산소를 다량으로 흡입하게 도와주며 교감 신경과 부교감 신경의 균형을 잡아 주고 혈액순환을 좋게 하며, 활성산소가 생기지 않아 산소 포화도를 높여주어 인체의 균형을 잡아 준다는 것입니다. 하는 요령은 양 손가락을 교차하여 마주 대고 오른손 두 번째 손가락으로 오른쪽 콧구멍을 막고 왼손 두 번째 손가락은 인중에다 놓고 왼쪽 콧구멍으로 들숨을 천천히 깊게 배꼽 밑까지 들이마십니다. 반대로 왼쪽 콧구멍을 두 번째 손가락으로 막고 오른손 두 번째 손가락은 인중에다 대고 오른쪽 콧구멍으로 날숨이 천천히 내쉽니다. 이때 주의 사항은 천천히 폐활량을 키워 가며 숨을 멈추지 않고 자연스럽게 해야 한다는 것입니다. 이 호흡에는 우주 자연과 인간의 비밀이 담겨 있습니다. 이 호흡만으로도 우리가 행하는 그 모든 것을 해 낼 수 있는 힘을 여러분들에게 줄 것이니 믿고 따라 하여 내 안의 평화를 회복하시기를 부탁드립니다. (완전히 개념을 숙지를 부탁드립니다.)

처음 몇 년 동안은 교차 호흡만 하고 추후에 몸과 의식이 이완되었을 때 이때 에너지 축기를 하는 방법을 안내하겠습니다. 들숨 시 항문은 조이고 날숨을 내뱉고 항문을 천천히 푸는 것입니다. 보통 30분 내외로 호흡을 마무리합니다. 교차 호흡을 하시고 마무리는 양손을 아랫배에 대고 탁기는 용천혈로 나가고 맑고 밝은 기운이 백회로 들어와서 내 몸이 맑아졌다는 의념으로 마무리합니다. (사실 호흡보다 더 중요한 것이 마지막 하는 양기 동작입니다. 우주 자연의 에너지 산소를 흡입하고 몸과 의식에서 경안을 얻어 치유 에너지를 내 몸과 의식에 향유하는 것이기에 중요합니다.)

✎   사유하기: 수련과 이완. 기타 모든 것을 행하시고 마무리가 내 마음의 소리(텅빈 침묵)를 듣고 '고맙습니다.' 하는 마음이 내면의 평화를 회복하는 길로 가는 것입니다.

✔ 실습하기: 편안히 좌정합니다. 그리고 의념(생각)으로 항문 조이기 연습을 합니다. 들숨 시 항문을 조이고 자기의 폐 용량만큼 참았다가 날숨을 천천히 토해내고 항문을 풉니다. 숙달되시면 호흡을 병행하시면 아랫배에 탁구공에서 테니스공 정도의 기운을 느끼게 되며 점차 상승되어 척추를 타고 오름을 관찰할 수 있습니다.

  *주의사항: 몸과 의식이 이완된 후 하십시오.

✧ 스캔 바디 명상과 묵상(치유 명상)

이 수련은 본 수련에 들어가기 전에 우리 몸과 의식을 깨우며 또한, 각 에너지 차크라를 열기 위한 기혈 자리를 이완시키는 수련입니다. 더불어서 몸이 불편한 곳의 세포를 이완하게 하여 몸을 내가 치유하는 방법이기도 합니다.

✔ 실습하기 1: 기도 방석에 앉아 내 마음에 평정심을 회복하기 위하여 먼저 허리를 숙여 장 속에 있는 산소를 날숨으로 토해냅니다. 몇 번을 반복하고 본인이 편한 자세로 앉습니다. 가급적 결가부좌로 앉아서 다리 저림을 조복시킵니다. 1 차크라인 성기와 항문 사이를 의식합니다. 들숨을 부드럽게 천천히 들이마시고 날숨으로 입 모양을 모아 '씽인볼 옴 소리'를 냅니다. 최대한 천천히 길게 내 폐활량에 맞추어 씽인볼 소리 옴으로 회음부의 신경과 세포를 진동하게 합니다. 이때 손은 양쪽 손에 깍지를 끼며 눈은 감되 나의 모든 집중력을 1 차크라 부분에 집중합니다. 이런 방법으로 배꼽 밑의 2 차크라를 인식하고 다음 한의학의 중완 자리인 배꼽에서 두 마디 위의 자리인 3 차크라를 인식합니다. 항상 3번씩 '옴의 진동'을 하고 옮깁니다. 다음은 4 차크라 양 젖꼭지 사이 가슴(전중혈)로 이동하고 5 차크라 목으로 이동합니다.

✔ 실습하기 2: 지금부터는 옴의 소리가 아닌 훔의 소리로 머리를 이완시킵니다. 날숨을 이용하여 뒷머리와 대추혈을 훔의 소리로 신경과 근육을

이완하고 나서 우뇌로 이동합니다. 우뇌에 대고 훔의 진동을 세 번 하고 머릿골 중심에 있는 숨뇌에 대고 훔의 소리로 숨뇌를 깨웁니다.

다시 좌뇌로 이동하여 좌뇌를 인식하여 봅니다. 지금 나의 의념으로 좌뇌와 우뇌가 인식되는지를 느낍니다. 그리고 양미간 6 차크라인 인당으로 가서 인당혈을 자극하고, 다시 이마 전두엽에 대고 훔의 진동을 시작합니다. 마지막으로 백회에 대고 훔의 진동을 세 번 하고 배꼽 밑으로 의념을 두고 마칩니다. (이때 의념은 혈자리 주변을 마사지한다는 생각으로 합니다.)

🖐 사유하기: 뇌파를 자극하여 치매 예방에도 좋고 우리 몸의 아픈 곳을 향하여 이런 방법으로 치유의 파동을 보내서 세포의 변성을 가져오게 하는 것입니다. 이 스캔 바디 명상과 묵상은 신체의 각 혈자리로 이동하여 느낌과 집중력을 강화하고 치유의 파동으로 몸을 치료하는 방법입니다.

*주의하기: 옴의 주파수는 하단전에 파고들고 훔의 주파수는 올라가는 성향이 있기에 상단전에 사용하고, 머리에 대고 훔의 소리를 좌뇌와 우뇌에 이완되지 않았을 때 머리가 아플 수 있습니다. 그럴 때면 의념을 배꼽 밑으로 가져와서 휴식을 취합니다.

✧ 천상의 음 염송하기

*천상의 음 개요: 천상의 음이란 여덟 개의 만트라를 최소한 30분에서 한 시간 정도 실행한 후 명상과 묵상에 들어가는 것을

말합니다. 장미 한 송이가 꽃을 피우기 위해서는 양질의 땅과 햇볕, 그리고 적당한 습도가 갖추어져야 하듯이 우리가 원하는 명상과 묵상의 목적은 깊은 선정과 깊은 묵상을 통하여 내면의 평화를 온전하게 체험하는 것입니다.

그냥 단순하게 본성과 성령을 경험하는 것을 넘어 궁극의 순수 의식을 몸과 의식의 이완으로 인간의 영성을 온전하게 경험하기 위하여 우리는 이 천상의 음을 염송하는 것입니다. 그렇기 위해서는 인간을 가장 힘들게 하는 번뇌 망상을 제거하는 것인데 그 방법은 다양하지만 가장 근원적인 방법은 우주 자연의 원리와 법칙인 진동으로 여덟 개의 만트라를 이용하는 것입니다. 이렇게 하면 우주의 본래 순수 파동 음에 의해 우리의 거친 의식들이 정화됩니다. (인체 스스로의 자정작용) 우리가 망상을 알아차리면 망상이 사라지지만 망상을 알아차리지 못할 때는 우리의 뇌에 고스란히 내 생각의 염체들이 저장되어 또 다른 조건을 기다리고 있다는 것입니다. 정리하면, 이는 기존의 모든 종교와 명상 단체에서 그대로 적용하는 것입니다. 다만 기독교나 천주교에서는 성가나 찬송가를 부르고 이것을 하고 기도나 묵상을 하면 더욱 맑은 의식으로 하나님과 하나 될 수 있고, 불교에서는 이것을 먼저 하고 참선을 하면 화두를 염하는 것이 더욱 선명하여 화두조차도 내려놓는 무심으로 들어갈 수 있습니다. 또한 위빠사나 수행 시에 만트라 명상을 하고 명상에 들어가면 단계를 뛰어넘는 그런 선정의 힘을 느낄 수 있습니다.

*천상의 음으로 하는 명상과 묵상의 장점 :몸과 의식을 이완시켜 에너지를 활성화해 주며, 또한 순수의 파동 음이 우리의 거친 의식들을 아주 순일하게 만들어 줍니다. (무의식을 정화하여 준다.) 이것을 염송하면 자동으로 복식호흡이 되고 천천히 폐가 확장되면서 가슴과 등, 목의 신경과 근육들이 이완되면서 깊은 호흡이 이루어집니다. 그와 동시에 깊은 들숨으로 양질의 공기를 들이마셔 세포에 활력을 불어넣고 또한 안정된 날숨으로 우리의 몸과 의식이 이완되어 인체의 차크라 신경(인체의 신경이 모여 있는 지점)을 살리는 데 아주 탁월합니다. 이것의 장점은 무량하지만 몇 가지로 요약하여 말씀을 드리겠습니다.

첫째: 천상의 음을 염송하면 건강이 좋아집니다. 이것에는 인체가 원하는 원천적인 힘을 스스로 만들어 주는 신성한 힘을 지니고 있습니다. (인간이 장수할 수 있는 조건을 만들어 줌.)

둘째: 현대인의 정신병(우울증, 공황장애)의 뿌리를 제거할 수 있습니다. 우리의 몸과 의식이 병들었을 때 좀 더 생명의 근원을 건드려 주면 막혀있던 물꼬를 터 주어야 흘러가는 자연의 이치와 같습니다. 이것을 받아들이고 그 신령한 힘의 축복을 받는다면 우울증 환자 천만 명 시대를 당장 벗어날 수가 있습니다. 결론적으로 우리의 몸과 의식을 이 세상에 태어났던 그 순수의 영혼으로 만들어 준다는 것입니다. 여러분 놀랍지 않습니까?

셋째: 번뇌와 망상(무의식)을 제거하여 깊은 명상과 묵상에 들게
한다.

'세포가 원하는 파동'이라는 것입니다. 늘 하는 말씀이지만 무엇이
든지 개념을 읽고 충분히 이해하고 나서 행동으로 옮길 때 진리의
공부는 스스로 확장이 됨을 유념하셔서 공부를 부탁드립니다.

✍ 사유하기: 옴은 우주 대생명 탄생의 소리이며 시원의 근원의 소리입니다.
또한, 우주 자연이 진동한다는 것을 응축한 소리이며 이 소리에는 엄청난 우
주 질량의 에너지가 내포되어 있습니다. 이로 인해 파동의 공명 현상이 커지
고 인간의 의식은 각성합니다. 이 진동음은 인체의 뇌와 오장육부에 세포의
운동을 확장시켜 몸과 마음을 근원으로 돌아가게 하는 신성한 힘을 지니고
있고 옴과 훔의 소리는 인체의 최말단까지 가장 빠르게 세포의 변성을 가져
오게 하는 권능을 지니고 있습니다. 우리는 이 태초의 옴과 훔의 소리로 하여
금 몸과 마음이 분리되지 않고 그동안 잃어버린 본래의 신성을 회복할 수 있
음을 강력히 추천합니다. 우리의 마음을 행복하게 할 수만 있다면 받아들이
면 되는 것입니다.

*천상의 음이란?: 인간의 오욕(재물욕, 명예욕, 식욕, 수면욕, 색욕) 칠
정(희, 로, 애, 락, 애, 오, 욕)을 떠난 우주 자연에서 생명의 실상 소리
를 말합니다. 옴과 훔의 소리는 우리 몸을 최단 시간에 전신의
세포를 진동시킨다.

✧ 천상의 음을 염송하는 자세와 요령

*시작하기 전의 자세와 마음가짐: 먼저, 무릎을 꿇어앉아 허리를 펴고, 고개를 반듯하게 하고, 손은 두 무릎 위에 깍지를 끼고 앉습니다. (이렇게 하는 이유는 에너지의 흐름을 교차하고 몸과 의식을 이완하는 데 좋음.) 5~10분 정도 호흡을 자연스럽게 합니다. 들숨을 자연스럽게 단전까지 천천히 깊게 들이마시고 날숨을 자연스럽게 토해냅니다. 처음부터 너무 무리하게 호흡에 힘을 주면 호흡 신경이 흥분하여 오히려 역효과가 나니 내 폐의 용량껏 자연스럽게 들이마시고 내쉬도록 하세요. 눈은 지그시 감습니다. 탁한 오장의 기운들을 내뱉는 준비 과정입니다. (아랫배의 신경이 살아난 사람은 깍지를 끼는 게 깊은 명상과 묵상으로 들어가는 데 수월합니다.) 배 속의 가스가 찬 경우, 이 자세로 십 분만 있어도 트림이 나오고 대장의 연동운동이 일어나 가스가 배출됩니다. 또한, 이 자세는 모든 수련의 기본으로 몸과 의식을 차분하게 만듭니다. 그러고 나서 여러분이 움직이지 않고 오래 평온하게 앉아 있을 수 있는 자세를 취하면 됩니다. 이때 손은 배꼽 밑에 오른손을 놓고 그 위에 다시 왼손을 포개 놓고 엄지를 마주 붙히고 계란 모양으로 살며시 마주합니다. 이때 반가부좌나 결가부좌를 하면 더욱 좋습니다.

❧ 사유하기: 말 그대로 천상에서 울려 퍼진다고 상상하면서 듣고 따라 하시면 더 새롭고 여러분들의 마음이 순수함으로 리셋될 것입니다. 마음을 편안하게 이완하고 어머니가 자식을 평등하게 사랑하는 마음으로 시작하면서 천

상의 음을 자주 듣는 것으로 시작합니다. 가볍게 주방에서도 일하시면서 출퇴근 시나 아침저녁으로 자주 듣는 것이 평온함을 넘어 조금 소리가 귀에 안착이 된 것 같으면 따라 하여도 좋습니다. 듣기만 하여도 마음이 평온하지만 내가 그 생명의 파동 소리를 내 입으로 발성하고, 그 우주의 생명 소리를 따라 하다 보면 나의 몸과 의식이 그렇게 동기감응이 되어 변하여 갑니다. 조급하게 생각하지 말고 그중에 공경의 마음이 제일 가는 것부터 하다 보면 익숙하여 여덟 개를 다 할 수가 있습니다. 이 말과 뜻을 알려고는 하지 말고 중요한 것은 파동 음에 몸과 의식이 하나 되어 나의 몸과 의식이 그 파동 음을 타면서 몰입의 힘을 만들어 내는 것이 중요합니다. 귀는 천상의 음 파동 음에 집중하고 의식은 배꼽 아래에 두고 내가 염하는 소리를 내가 듣습니다. 그러면서 들숨과 날숨에 하나 되어 고운 파동 음의 선율을 타고 부르다 보면 환희심이 나오면서 사람에 따라 업장의 울음과 눈물이 나옵니다. 우리 몸의 오장육부는 저마다의 고유 주파수에(주파수 대역이 다름) 이미 세팅되어 있습니다. 참으로 놀라운 사실이지요!

*천상의 음을 염하면 나타나는 몸의 증상
　– 이 천상의 음을 염하면 가슴에 뜨거운 희열을 느낄 수 있습니다.
　– 그리고 여덟 개의 어느 것과 하나 되어 삶의 눈물이 나오며 회한의 울음이 터져 나옵니다.
　– 천상의 음을 틀어 놓고 큰 소리를 내면서, 가슴의 공명을 일으키면서 하면 진동과 내가 파동을 타고 우주의 에너지가 들어와서 아랫배가 따뜻해지기 시작합니다. 교차된 손바닥

에서부터 양쪽 팔을 타고 열에너지가 올라가는 것이 느껴지며 가슴까지 따뜻한 열감과 함께 깊은 평온함을 느낍니다. 마치 어머니의 자궁에 있던 그런 평화로움을 선물할 것입니다. 이 열감은 등 뒤와 얼굴, 이마까지 촉촉한 땀을 내고 얼굴 신경은 꿈틀거리며, 지렁이가 기어가는 그런 현상도 마주할 것입니다. 다 좋은 현상이니 탐하지도, 그렇다고 내치지도 말고 몸과 현상에서 일어나는 것에 마음이 끌려가지 않고 그냥 지켜보면서 더 진실하게 믿음을 가지시고 행하시다 보면 왜 내가 이것을 이제야 알게 되고 설사 알아도 이런 깊은 행복감을 느껴보지 못함이 아쉬움도 있을 것이나, 지금 이렇게 인연 됨을 감사하고 주변과 나누면 되는 것입니다.

- 천상의 음을 염하면서 번뇌 망상이 떠오르면 없애려 하지 말고 자연스럽게 '손님이 오셨구나.' 정도만 알아차리고 평소대로 천상의 음에 집중하여 염하다 보면 번뇌는 스스로 사라짐을 경험하실 수가 있습니다. (들숨과 날숨의 천상의 음 파동에 하나 됩니다.)

- 점차 하다 보면 언덕 위에서 강을 내려다보듯이 나와 우주 자연과 하나 되어 평온하게 잔잔한 강물이 되어 흘러가는 것을 알게 됩니다.

- 몇 년을 지속하다 보면 사물이 본래 공하고 성령임을 알게 되며 늘 각성의 상태가 지속되는 나를 만납니다. 꾸준히 하되 즐겁게 하는 것이 중요합니다.

- 하면 할수록 중독됩니다. 그것은 우리의 몸과 의식이 그동안 너무도 듣고 싶었던 생명의 본래 파동 소리를 들으니 스스로 깨어나는 것입니다.

- 몸과 의식이 이완으로 들어가서 잡다한 일상의 군더더기를 벗어던지는 황홀경을 경험하게 되고 세포는 최고의 이완으로 들어가며 이완의 호르몬을 우리에게 선물로 줄 것입니다. 여기에 바른 양심과 참나 그리고 성령의 충만함까지 들어가면 소리 없는 거문고의 내면에서 울리는 침묵의 생명 노래를 듣게 될 것입니다. (침묵에서 나오는 무심의 노래, 느낌은 무상한 것이니 속지 마십시오.)

- 이 천상의 음을 염송하다 보면 우리의 몸과 의식이 이완되어 만들어 내는 환상의 극치를 경험하면 우리는 좀 더 태초의 순수 의식을 회복하여 근원적인 삶으로 귀향하는 계기가 될 것입니다.

✎ 사유하기: 개념 정리가 되지 않으면 그것을 유추하는 사고의 힘이 부족합니다. 다시 한번 개념을 정리하여 주시기를 부탁드립니다.

✧ 천상의 음 염송하기

유튜브: 지구촌 보리심

블로그: '지구촌 보리심'

다운로드받으세요.

*옴 천상의 음 : 옴 ~아~흠~~마~핸~야~나~구~루~파~니~싯디~흠

      (무한 반복 하시면 됩니다.)

*1번: 선-와-디- 기-닉-마~~ 갸-위 기-야-디 갸-위↑(올라감) 엔디_ 디

      엔데~~~닉-마~~~

*2번: 양차수--양차수--양차수~~~예-다~ 도원-수~~~

*3번: 선화엔-게~엔-게~~닉-마닉-마-덴-포- 덴~~포-도원~~~수

      ~~~~

*4번: 니-히 폰-파 산--완 로~~~갓-소~~~~

*5번: 앰~~바~~~다르마~~~ 암-바~~~ 도~~원~~~수~~~

*6번: ↑우화~~아~우취~ 갸위~~ 폰바~~갸위~~ 도~화아~~수~~~

*7번: ↑우화~아~우취온↓앰바 ~가위~ 도~~원~~~수~~~취~~온~~

천상의 음을 정리하며: 이 책을 공부하는 여러분 저는 이것을
통하여 궁극의 평화와 지구촌 가족들이 내면의 평화를 회복하
는 길에 아주 첫 번째 챕터에 이것을 올려다 놓았습니다. 그만큼
우리 사회와 지구촌의 가족들에게 지금까지 우리가 하는 공부

에 부족한 것이 몸 수련이었기에 이 명상과 묵상으로 가는 길에 이것의 중요성을 알기에 소개하고 있습니다. 교차 호흡과 이 천상의 여덟 개를 비록 짧은 시간이라도 한 번씩 하고 기도와 명상 그리고 참선하여 보시면 내가 부족하였던 것이 무엇인지 그 진실을 여러분 스스로의 문제를 해결할 수가 있습니다.

우리는 번뇌와 망상을 내치고 적이라고 인식하고 있습니다. 그것 역시 외부에서 들어온 것이 아닌 우리 내면에서 나오는 것이기에 좀 더 근원적인 치유를 하여주면 번뇌가 보리가 되는 이치를 이 천상의 음이 여러분들께 선물할 것입니다. 좀 더 설명할 것이 있지만 이것으로 정리하고 더 자세한 공부를 원하는 분들은 이것이 코로나 19에서 벗어나는 처방전입니다. 책을 참고하세요.

🌱 사유하기: 명상과 묵상의 길에서 우리를 힘들어하는 것이 떠오르는 번뇌와 망상입니다. 그런데 이것을 이제는 치유한다고 말하고 싶습니다. 그것은 더 사랑과 자비의 마음으로 보듬을 때 우리에게 해를 끼치는 게 아니라 우리를 도와준다는 것입니다. 우리가 한 번쯤은 생각하여 볼 것은 깊은 명상과 묵상 중에 몸과 의식이 이완되면 정말 한 생각도 일어나지 않는 것을 경험하지만, 명상과 묵상에서 나오면 우린 에고의 도움으로 살아가고 있습니다. 그 번뇌 망상은 완전히 제거되는 게 아니고 완전히 제거될 수가 없습니다. 다만 법의 요지(진리의 상식선)까지만 필요한 것입니다. 하여 저의 결론은 좀 더 릴렉스한 미음으로 네면의 평회를 찾아가자고 말씀을 드리고 싶습니다. (꾸준히 3~4년은 하셔야 합니다.)

✧ 천상의 음 염송 후 의식 상황

일곱 개의 에너지 신경이 이완되고 적어도 한 시간 결가부좌로 천상의 음을 염송하고 뇌에서 벌어지는 현상은 '한마디로 순수의 백지 상태'입니다. 일체의 분별과 상이 없는 적멸의 상태입니다. 가슴은 뻥 뚫리고 시원하며 몸은 있되 무게를 느끼지 못하고 숨은 들락거려도 어느 하나 거스름이 없습니다.

*사유하기: 늘 이런 상황이 지속되는 것은 아닙니다. 평소에 컨디션과 몸과 의식의 평온함의 조화로움이 연출하는 것이 깊은 선정과 묵상임을 소견으로 밝힙니다. 그리하여 믿고 꾸준히 하시면 누구나 이런 내면의 평화로움을 경험하실 수가 있습니다.

✧ 천상의 음을 개신교와 천주교에서 적용하기

이 천상의 음을 하나님께서 직접 여러분들께 들려주신다고 생각합니다. 아마도 그렇게 생각하면 여러분이 더 분별하지 않고 진심으로 하나님과 소통할 수 있을 것입니다. 이제 하나님께서 여러분의 몸과 마음을 어루만져 사랑의 축복을 주신다고 생각하면 더욱 깊은 성령을 체험하게 될 것입니다. 그리고 나의 몸과 마음에 하나님의 사랑과 자비의 싹이 들어왔으니 당신처럼 거룩하게 빛나게 행하겠다고 늘 하나님께 다짐하면서 이 험난한 세상에 나도 아버지를 닮아가겠다고 큰 발심을 합니다. 시들해진 여러분의 가슴 속 사랑을 이 천상의 음으로 다시 한 번 아버지 하나님의 사랑을 샘솟게 하여야 합니다.

✧ 차크라는 무엇이며 왜 신경을 살려야 하는가?

*커피 한 잔을 나누면서: 이 책과 인연 되신 여러분 진심으로 환영합니다. 저는 뒤늦게 감사의 인사를 올립니다. 정말 인생 다 바쳐 한길로 참선하여 왔지만, 더 밝은 영성으로 나가지 못하고 있을 때 빛도 없는 무문관에 들어가서 난생처음 교차 호흡과 천상의 음, 그리고 준장을 만나 한 평도 되지 않는 칠흑의 어둠에서 정말 간절하게 목숨을 건 수련을 하루에 18시간 정도를 하였습니다. 그런데 불과 일주일 만에 단전과 백회가 이완되는 놀라운 경험을 하고 인간이 지니고 있는 초상지능의 권능도 원하지 않았지만 경험을 하고 나서 저는 놀라운 영성과 우리 사회와 지구촌의 궁극의 평화와 행복으로 가는 길의 처방전을 제시할 수가 있었습니다. 제가 이 말씀을 드리는 핵심은 이것입니다. 어떤 종교와 선입관으로 보지 마시고, 이것은 우리가 이 지구에 와서 누구나 종교를 불문하고 공부하고 나서 종교적인 공부를 하시면 여러분들의 영성은 더 깊고 맑아지고 진정한 내면의 평화를 완전하게 체험하실 수가 있기에 이렇게 차 한 잔을 나누어 보는 것입니다. 하오니 위의 교차호흡과 천상의 음, 그리고 준장은 여러분들

의 정신건강 차원에서 판단하여 따라오시면 됨을 다시 한 번 간
곡히 말씀드리고 싶었습니다. 어떻게 커피 맛은 좋으셨는지요?

✧ 차크라란, 우리 한의학을 연상하면 이해에 도움이 될 것입니다

일찍이 우리의 허준 선생님께서는 인체의 내부를 일목요연하게 정리
하여 경혈 자리를 만드셨습니다. 그 경혈 자리를 서양에서는 차크라라
고 말하며, 우리는 이것을 줄여서 상단전 중단전 하단전 임맥과 독맥
으로 이해하시면 됩니다. 다시 말하면 머리에서 발끝까지 인간의 몸에
는 아주 핵심적인 역할을 하는 곳이 일곱 개가 있다는 것입니다. 참 공
교롭게도 하늘에는 북두칠성이 있고 우리가 배운 지구촌은 오대양 칠
대주이고 인간의 오장육부도 그와 같으니 말입니다. 그래서 일찍이 하
나님께서는 6일은 천지를 창조하시고 하루는 쉬었다는 말이 공감을
가고 좀 더 오늘날 과학적인 용어로 이것을 정리하여 보면 결국 인간의
핵심인 세포가 변성을 가져오는 주기가 7일이라는 것입니다.

이제 좀 이해가 되셨으리라 믿습니다. 여기에서 우리가 공부하려는
취지는 이것입니다. 엄마 배 속에서 나와 우리 모두 아기였을 때 우리
는 코로 숨을 쉬지 않고 머리골, 즉 숨골이라고 하여 백회로 숨을 쉬고
복식호흡을 하였던 그 모습으로 우리의 몸의 신경을 회복하자는 것입
니다.

이것은 어디서 없는 것을 새로 만드는 것이 아닌 어린아이 때 갖추었

던 그런 몸의 신경으로 회복하고자 함이지만 그동안 우리의 몸은 너무도 굳어서 조금의 노력이 필요한 것입니다.

그런데 이런 것을 현대 과학적으로도 이것은 그렇게 완벽하게 규명이 되는 학문은 아니기에 우리 조상님들의 노하우를 참고삼아 다시 그 길을 가고자 함입니다. 이것은 이미 수천 년 전에 우리의 조상님들은 스스로 인체의 핵심적인 경혈 자리를 찾아 인간과 우주 자연이 연결되어 있음을 아시고 인간이 이런 몸을 만들면 더 건강하고 행복한 삶을 살 수 있다는 결론을 우리에게 남겨 주셨습니다. 그래서 저의 결론은 이 차크라의 신경을 회복하시면 건강과 우리가 가는 내면의 평화를 회복하는 길에 '일등 공신이기에' 이렇게 긴 이야기로 설명하는 것입니다.

의학적으로 다시 한번 차크라란 무엇인지 정리를 하면 인간 신체의 여러 곳에 있는 정신적 힘의 중심점 가운데 하나이며 정신적인 힘과 육체적인 기능이 합쳐져서 상호작용을 하는 것입니다. 육체적 수준에서 내분비계와 직접 관련된 회전하는 에너지의 중심 지점으로, 에너지를 받고 전달하는 기능을 담당하며 인간의 온몸 구석구석과 긴밀히 연결을 맺고 있습니다. (자율신경과 연결됨.) 따라서 차크라가 활성화된다는 것에는 자연의 모든 것을 좀 더 궁극의 상태에 가깝게 경험할 수 있게 된다는 의미가 들어 있습니다. (차크라의 위치 설명은 1장에 있으니 참고 바랍니다.)

✧ 차크라 신경은 지구촌 가족 모두 다 열어야 합니다

　여기 나무가 하나 자라고 있습니다. 뿌리는 땅에서 에너지를 받고, 잎사귀는 우주 태양의 에너지를 흡수하여 광합성의 작용을 거쳐 몸통으로 에너지를 연결합니다. 땅의 에너지와 하늘의 에너지를 흡수하여 존재합니다. 인간 역시 태어났을 때는 백회로 자연의 기운을 받았으나 첫돌이 지나면서 점차 닫혀 코로 산소를 흡입합니다. 그러면서 한 생각의 분별을 시작으로 열었던 신경이 닫히면서 우리가 본래 순수의 영성을 잃어버리기 시작합니다.

　그런데 사실 우리가 조금만 사유하여 보면 나무에는 수액이 흐르는 길이 있고, 나무는 그 길을 통해 자연의 에너지를 100% 흡수하며 살아가는 것을 알 수 있습니다. 우리는 과거 동서양에 이미 존재하였던 그런 소중한 것을 잃어버리고 병원에 의탁하며 몸을 맡기고 살아가는 것입니다. 오늘의 우리를 지금쯤 한번 되돌아보아야 할 것입니다.

　사실 국민과 지구촌의 사람들이 기본적인 단전과 백회의 신경만 살려도 각종 성인병과 현대인들의 스트레스를 파격적으로 해소할 수가 있습니다. 정리해 보면 인체의 에너지 차크라 신경이 이완되면 자연의 나무와 같아서 몸과 의식이 순일하게 돌아갑니다. 생명이 존재하는 인간의 몸에는 늘 자연의 순리가 흐르며 매사에 과한 욕망이나 욕심이 나오지 않게 되어 있습니다. 무슨 일을 하더라도 몸을 태초의 몸으로 만들면 지금의 건강과 의식은 완전히 다르게 변합니다. 역대 성인들은 이 몸을 만들어서 우주 자연 에너지의 도움으로 아주 깊은 영성으로 들어갈 수가 있었습니다. 그것을 통하여 과거의 무수한 세월 동안 익혀 온 자기의 영적 함량의 도움을 받아 세상에 바른길을 제시할 수가 있었던 것입니다. 결론적으로 저 역시 수십 년을 의식수련만 하여서 눈을 떠 봤지만, 이것은 너무도 빈약하고 초라한 자신을 발견할 뿐이었다가 이런 것을 공부하고 나서 대자유를, 그것도 지구촌이 함께 공유할 수 있는 지혜를 찾았기에 지구촌 가족이면 누구든지 반드시 이 몸 수련을 하여야 함을 말씀드립니다.

✧ 일곱 개의 차크라를 열기 전 알아야 할 내용

차크라를 열기 위해서 우리가 할 것은 이것입니다. 첫 번째는 교차호흡이고, 두 번째는 천상의 음이고, 세 번째는 이제 곧 설명할 준장이라는 것입니다. 여기에서 우리가 꼭 기억할 것은 홀어머니가 외아들을 사랑하는 애틋한 자비심이 필수입니다. 사랑과 자비심의 마음일 때 우리의 몸과 의식은 자연스럽게 이완된다는 것입니다.

수련하기 전에 항상 허리에 베개를 고여 대자로 누워서 자연 호흡으로 천상의 음을 틀어 놓고 긴장된 몸을 자주 이완해 주어야 합니다. 여러 가지의 스트레칭 방법이 있지만, 저의 경험상 이 정도만 하여도 호흡신경과 척추신경은 이완할 수가 있습니다. 본인이 평소에 선호하는 것으로 체조와 스트레칭으로 몸을 이완하시면 됩니다. 차크라는 다음과 같은 순서대로 열립니다. 가슴이 열리고 단전이 열리면서 백회가 열리는데, 여기까지는 혼자서 수련하여도 됩니다. 복부의 성 신경과 척추 신경, 횡격막 신경을 살리는 데는 전문가의 도움을 받는 게 좋습니다. 보통 꾸준하게 하루에 4시간 정도를 수련하여도 평균 4년이 걸린다고 하지만, 이것은 어디까지나 개인의 차이라는 것을 알면 됩니다. 수십 년이 되어도 아직 단전도 열지 못하는 사람들이 있는가 하면 불과 석 달 만에 단전을 여는 사람들도 있습니다.

저는 굳은 몸으로 단전과 백회가 열리는 데 열흘이 걸렸습니다. 아마도 대한민국에서 이렇게 짧은 시간에 이렇게 되기가 쉽지 않습니다. 그것은 본인이 수련하여 보면 스스로 알 수가 있습니다. 하루에 거의 18시간 정도 폐관 무문관에 있다 보니 수련만 하였던 것 같습니다. 추후에 일기장에서 확인하니 일주일 만에 백회에 징조가 왔던 것으로 보입니다.

이는 누가 얼마만큼 원력을 가지느냐에 결정되는 것 같습니다. 단전이 열리는 증상은 뭔가 꼬물거리며 배에서 꼬르륵 소리가 나며 동시에 물 흘러가는 소리가 납니다. 또한, 단전이 따뜻해지며, 복부가 이완되고 횡격막이 내려오다 보니 들숨이 깊숙이 들어옵니다. 백회는 뭔가 뚜껑이 열린 것 같이 시원한 기운이 나가며 의염을 두면 백회의 신경이 감지되며 신경이 움직입니다.

🌿 1분 사유하기: 몸은 음식으로 힘을 얻지만, 마음은 생각으로 힘을 얻습니다. 좋은 생각과 바른 생각은 마음의 힘이 되는 영양분입니다.

✧ 준장하는 요령

벽에다 송판을 손가락이 들어갈 정도로 고정합니다. 이것이 없다면 집에 있는 방문 문고리나 싱크대를 잡고 하시면 됩니다. 하기 전에 의념을 백회에다 관상합니다. 먼저 문고리를 양손으로 잡으시고 입을 닫고 문 앞에 반듯이 서서 호흡을 가다듬습니다. (무릎은 붙입니다.)

우주 자연의 맑고 밝은 기운을 백회로 흡수하여 단전에다 축기를 한다 하고 들숨을 천천히 들이마시고 의식은 단전을 관하면서 무릎을 굽혀 앉은 자세에서 숨을 잠깐 멈춘 다음 천천히 호흡을 날숨으로 내뱉으면서 백회에다 의념을 두시고 일어서면 됩니다. 에너지 축기에는 아주 좋습니다. (익숙해지면 들숨에 항문을 조이고 날숨에 항문을 풀고를 반복하시면 더 축기에 도움이 됩니다.) 이때, 마무리가 중요합니다. 남자는 왼손을 단전에 대고 여자는 반대로 교차하여 하단전에 두고 축기한 에너지를 단전에서 느껴봅니다. 온몸의 탁기는 발바닥의 용천혈로 나갔다고 의념을 관하면 됩니다. (우주 자연의 맑고 밝은 기운이 백회와 척추를 타고 단전에 들어와서 나의 몸이 정화되었다고 의념을 두시고 반대로 그동안의 탐내고 성낸 탁기는 발바닥의 용천혈로 나갔다고 의념을 둡니다.)

정리해 보면, 들숨을 천천히 들이마시면서 의식은 단전에 두고 무릎을 굽혀서 앉으며 잠깐 호흡을 멈춘 다음에 천천히 일어서면서 날숨을 뱉습니다. 이때 의념은 백회에 집중하면 됩니다. (준장 틀은 송판으로 6자 정도 손가락이 들어가게 벽에 고정하여 만듭니다.) 이것은 에너지를 축기하는 운동입니다.

준장틀 규격: 송판 두께 2~3cm 가로 20~30cm, 세로 180cm

✧ 단전과 백회의 신경 살리기

단전과 백회의 신경을 살리는 것은 천상의 음과 교차 호흡, 준장을 병행하시면 됩니다. 사람의 체질에 따라 선호도가 다르지만 보통 평균적으로 이 세 가지를 함께하면 단시간에 효과를 보게 되어 있습니다. 매일 꾸준하게 시간을 정하여 놓고 하다 휴일에는 좀 더 집중적으로 시간을 늘려 가는 게 좋습니다. 일반적으로 복식호흡만으로는 시간이 걸릴 수 있지만 위에서 설명한 세 가지는 우주 자연의 원리와 인체의 핵심인 세포를 더 진동하게 하기 때문에 몸에서 일어나는 반응이 현격하게 다릅니다. 특별한 것은 없고 오직 자비심과 상대를 이롭게 하려는 마음에서 한 호흡과 천상의 음 한 소절을 하면 단전의 신경과 백회의 신경을 살릴 수가 있습니다.

✔ 실습하기: 교차 호흡으로 들숨 시 단전에다 의념을 두고 하시면 됩니다. 절대 호흡을 강하게 밀지 말고 부드럽게 천천히 내 폐의 용량만큼 하시고 힘을 뺍니다. 이렇게 하여도 단전이 이완되지 않으면 단전과 백회에 침을 맞아 신경을 먼저 살리는 방법도 있습니다. (복부에 뜸을 뜨던가 요즈음에는 복부 아로마 마사지를 하시면 복부 주변의 근육과 신경들 이완 준비운동에 좋음.)

✍ 사유하기: 우리가 지금 몸 수련을 공부하는 것은 건강과 행복 궁극의 내면의 평화를 인간이 느낄 수 있는 영성의 극치를 우주 자연 에너지의 도움을 받아 지금 여기에서 온전하게 경험하려는 것임을 늘 기억하여야 신심과 끝까지 해내는 힘이 나옵니다.

✧ 횡격막 신경을 살리는 방법

*사유하기: 횡격막 신경이 이완되면 들숨에 횡격막이 가볍게 위로 움직이는 것이 증표입니다. 손바닥을 가슴에 대고 들숨 시 횡격막 신경이 움직이는 게 포착됩니다. 그만큼 명상과 묵상을 하려면 반드시 횡격막 신경을 이완하면 명상과 묵상에 달인이 될 수가 있음을 밝힙니다. 적어도 이 정도의 몸과 깊은 명상과 묵상을 체험하고 나서 명상과 묵상의 안내자가 되어야 합니다. (여기에서 말하는 신경은 모세혈관을 말합니다.)

사실 여타의 경전 등이 이 횡격막 신경을 살리는 것까지는 안내하는 책자는 거의 없다고 보아야 합니다. 우리의 허준 선생님도 양 젖꼭지 사이를 전중혈이라고 하였듯이 이 혈의 가슴뼈 사이사이의 모세혈관을 이완시키는 것은 도교 책에나 있습니다. 그만큼 도교는 인간의 몸과 의식의 깊은 부분까지 들여다본 학문이지만 지금은 사라졌으니 아마도 인간의 권능을 너무 남용하다 보니 도덕적으로 타락함이 아닌가 싶습니다. 길을 잃고 헤매는 나그네에게 다람쥐가 이쪽 길을 가라고 이 정표를 안내하여 주었다면 우리는 '그것이 종교적이다.' 이런 잣대는 제발 이제는 좀 유치한 것 같습니다. 어찌 되었든, 저도 그 고마움으로 이렇게 공부할 수가 있었으니 좋은 것은 함께 나누어야 마땅하고, 우리가 이 내면의 평화를 회복하는 길에 아주 절대적인 코스여서 안내하여 봅니다. 사실 저도 이쪽은 원래 무지하였고 길을 가다 돌부리에 걸려 넘어지고 나서 '이것이 무엇인가?' 하는 호기심으로 공부하게 되었습니다.

처음부터 이런 것을 알았다면 좀 불가능하였을 것 같습니다. 모르기에 순수하였고 그 순수함이 몸의 신경을 이완하게 하였다고 저는 그렇게 생각합니다. 단전과 백회의 신경이 전부라고 그렇게 계속해 동안거 공부 중 어느 날 서해부 사타구니가 근질거리고 단전 부분이 여자들이 아이를 가진 것같이 부풀어 올랐습니다. 정말 숨만 쉬어도 이 몸은 자가발전이 되어 한겨울에도 냉방에서 팬티도 입지 못하고 얼음 팩으로 찜질하다 구기자차 한 주전자를 마시고 성 신경이 이완되었습니다. 그때 성기는 자라의 목처럼 쏙 들어가고 복부의 그 응축된 에너지의 힘이 척추를 타고 오르는데, 마치 분수대의 물처럼 솟구치고 가슴의 복장뼈 사이사이로 꿈틀거리기 시작하였습니다. 우리가 그동안 놓친 것은 들숨 시 폐에 있는 미주신경이 가슴 뒤와 횡격막에 바로 직결로 연결됨을 이 횡격막 신경이 이완되면서 명상 시 포착되어 알 수가 있었습니다. 듬성듬성 과거의 횡격막 신경이 이완되었던 경험을 전해 드리는 것은 우리가 내면의 평화로 가는 길에 이것을 통과하면 가장 확실한 열쇠를 지니게 됩니다. 비밀번호도 필요 없이 언제든지 우리 마음대로 깊은 명상과 묵상에 자유자재로 들 수가 있습니다. 이것이 되면 깊은 명상과 묵상에 들어가는 것이 정말 어린아이들이 잠에 드는 것과 같습니다. 그만큼 몸의 조건이 형성되니 조금의 집중만 하여도 몸과 의식이 이완되어 세포가 가장 좋아하는 조건을 만들어 줍니다. 교차 호흡과 천상의 음을 염할 시 엄청난 들숨의 산소가 들어오다 보니 일반적으로 하는 호흡과는 비교되지 않습니다. 그만큼 단기간에 에너지 축기와 이완을 만들어 주다 보니 복부의 성 신경이 이완될 때 한바탕 고통을 호소할 수가 있으니 참고하시어 전문가와 상담하시길 바랍니다.

이것에 대한 해결책은 이완이 답이니 일상에서 몸과 의식을 늘 이완하시고 구기자차와 보이차를 따뜻하게 마시면 매우 도움이 됩니다. 좀 더 구체적인 방법은 단전에 에너지가 축기가 얼마나 되느냐에 따라 스스로 횡격막과 가슴 뒤의 신경을 이완시키고 그렇지 못한 경우는 성 신경이 이완될 때 동시에 횡격막의 신경을 이완시켜야 합니다. 이것은 좀 인위적인 힘이 필요한데 교차 호흡을 가슴에 의념을 대고 집중하고 천상의 음을 가슴에 의념을 두고 염하는 것입니다. 이 모든 것은 자연스럽게 때가 되면 찾아오니 너무 기다리지도 말고 늘 평상심으로 자비심으로 하시다 보면 오게 되어 있습니다. 한 호흡에 정성을 다하면 그 에너지가 축기가 되어 막힌 모세혈관을 이완시키게 되는 원인을 만든다는 것을 기억하세요.

✍ 사유하기: 우리가 공부하는 교차 호흡과 천상의 음 준장에는 '신성한 힘이 내재'되어 있으니 믿는 만큼 그 복을 받을 수 있음을 또 한 번 나누어 봅니다.

✧ 무의식은 어느 때 정화되는 것인가?

이미 우리는 교차 호흡과 천상의 음을 염하고 명상과 묵상에 들어보셨을 것입니다. 사람에 따라, 몸의 신경이 어느 정도 이완되었냐에 따라 명상과 묵상의 진전도는 천차만별일 것입니다. 저는 그동안 축적한 노하우를 공개하고 있습니다. 주변을 돌아보니 본성과 성령을 회복하는 게 급선무라고 말하지만 깨달아도 양심을 되찾아도, 성령을 회복하여도 2% 부족한 것은 그동안 우리가 살아온 습은 그대로 남아 있다는 것입니다. 이 무의식이 정화되면 인간 태초의 순수 영성을 회복할 수 있습니다. 냉철하게 물어보겠습니다. 이치는 확연하게 알았지만 진작에 나의 몸과 의식에는 과거의 습이 그대로 나온다면 여러분은 그것을 어떻게 바라보시는지 한 번쯤은 사유를 부탁드립니다. 그리하여 좀 더 근본적인 원인을 과학적으로 규명하여 실천하여 보면 '아, 그렇구나.' 하는 찬탄을 느낄 수가 있습니다.

우리가 깊은 명상과 묵상에 들어갔을 때 나오는 파동, 알파파는 의식을 정화하고 더 낮은 세타파(7~4Hz)일 때 잠재의식과 무의식을 정화한다는 것입니다. 결국 인간은 깊은 명상과 묵상에 들었을 때 치유의 세포가 스스로 나와 우리가 지닌 모순을 스스로 치유하고 또한 몸과 의식의 밸런스를 이 깊은 명상과 묵상을 통하여 가능하다는 이야기입니다. 인간을 태초의 초순수 의식으로 만들어 주는 게 깊은 명상과 묵상이고, 이것으로 안내하는 역할 자가 교차 호흡과 천상의 음 준장이라고 말씀을 드립니다.

*사유하기: 오늘날 지구촌의 명상과 묵상의 문화는 기초적인 예비 과정이 없이 바로 정상에 오르고 있습니다. 그런데 산에 오르는 사람은 많아도 진작에 그 산에 올라 메아리를 울리는 사람은 그렇게 귀한 것 같습니다. 과거에 의식이 깨어나지 않았을 때는 본성과 성령 체험만으로도 상대를 이롭게 할 수가 있었지만, 오늘날 이 다변화된 지구촌에 지혜를 제시하려면 이런 기본을 바탕으로 차분하게 올라가야만 울림이 있고 그 울림이 지구촌을 감동하게 한다고 생각합니다.

쉬어가는 오두막(실전 명상 안내)

천상의 음과 교차 호흡을 최소한 한 시간은 하시고 본격적인 명상과 묵상에 들어가는 데 지금부터는 여러분들이 행하는 명상과 묵상을 하셔도 좋습니다. 단, 지금 막 천상의 음을 염하고 나면 호흡이 좀 가쁩니다. 이럴 때 파도를 잘 갈아타셔야 번뇌와 망상에 틈을 주지 않습니다. 이것에 대한 팁은 이것입니다.

호흡을 처음에는 조금 빠르게 하다가 점차 천천히 하시면 '파도'가 일지가 않습니다. 천상의 음을 한 시간 염하고 나서 의식은 예를 들면 영화관에 영화를 다 보고 컴컴한 스크린이 내려진 것 같이 저 같은 경우는 아무런 번뇌와 망상이 나오지 않습니다. 여기에서 호흡을 잘 갈아타시기를 부탁드립니다.

🌱 사유하기: 우리가 알아야 할 것은 의도적인 호흡 조절로 의식이 가라앉는 데 한계가 있습니다. 다시 말하면 몸과 의식이 이완되면 자동으로 의식이 고요해진다는 것입니다. 지금부터 실전 명상과 묵상으로 들어갑니다.

✧ 텅 빈 대나무처럼 자복에 앉기

*씽인볼 명상

- 어떤 인위적인 조작 없이 나의 몸과 의식을 텅 빈 대나무처럼 속을 비운다. 그리고 씽인볼을 치고 그 울림을 처음과 끝을 세밀하게 관찰합니다. 씽인볼을 치는 박자는 땅땅—땅~ 이렇게 세 번을 치되, 마지막 세 번째는 크게 울려서 일어나고 사라지는 과정을 지켜봅니다.
- 들숨을 깊게 들이마시고 날숨으로 씽인볼 소리의 옴을 나의 폐활량에 맞게 천천히 내뱉으며 소리를 지켜봅니다.
- 소리가 점점 작아지는 지점으로 들어갑니다. 귀는 소리를 듣고 싶은 염송하는 내면으로 나의 소리를 듣습니다.
- 시간이 지나면 씽인볼 소리는 사라지고 느낌만 남습니다. 소리는 느낌에 이르는 통로로 사용됩니다.
- 지금 명상과 묵상이 진행되면서 번뇌 망상이 나오면 나오는 대로 들숨과 날숨을 세밀하게 하는 데만 집중합니다. 지금 망상은 외부에서 온 것이 아니고 우리의 내면에서 내가 일으킨 생각 감정의 부산물이기에 너무 과민반응을 일으키지 말고 오직 호흡만 알아차림을 하면 점차 번뇌 망상은 사라지고 들숨과 날숨만 남는 실질적인 성험을 스스로 익혀야 자신감을 회복할 수가 있습니다. (나는 주시자임을 인식합니다.)
- 소리가 멈추면 침묵이 찾아오고 그곳에 느낌이 존재합니다.

다시 한번 씽인볼을 치고 그 울림을 처음과 끝을 세밀하게 관찰합니다.

  – 들숨과 날숨 사이 정지 기술을 이용하여 지금 마음의 상태를 점검합니다. 집중이 잘되는지 아니면 망상 속에서 씽인볼 소리를 듣고 있는지 정지 기술을 이용합니다.

  – 그 느낌은 오염되지 않은 순수 그 자체입니다. 그 느낌을 보는 자를 알아차립합니다.

  – 지금 생생한 알아차림은 맑고 밝으며 텅 빈 가운데 알아차림 하는 것을 알아차립니다.

  – 이 알아차림을 하면 해가 떠도 그림자가 생기지 않습니다.

  – 이 순수 의식이 불생불멸 하는 우리의 본성이자 성령입니다.

✍ 사유하기 1: 씽인볼 소리 명상은 비교적 초심자에게 명상과 묵상으로 가는 기본 기술을 습득하기에 좋습니다. 여기에서 핵심은 씽인볼 소리의 '옴'의 깨어있음의 소리를 듣고 알아차림을 하는 것입니다.

✍ 사유하기 2: 번뇌와 망상이 많다는 것은 역으로 생각하여 보면 내가 '이타의 마음으로' 돌릴 재료가 많다는 것입니다. 무엇이든지 강제로 내보내려 하려면(작용반작용 법칙) 반발하기에 자비의 마음으로 번뇌 망상을 회향하면 비록 적이지만 나에게 도움을 준다는 것입니다. (자비심으로 회향하면 그 생각의 염체 파동은 사랑과 자비심의 파동으로, 우리의 몸과 의식 이완에 도움을 줌.)

✍ 사유하기 3: 알아차림이 강화되면 지금 내 마음의 유혹에 끌려가지 않습니다. (밤늦은 시간 치킨을 먹고 싶은 유혹은 있지만 그것에 끌려가지 않고 지켜보는 힘이 강화됩니다.)

✧ 무심 체험하기

　몸 수련을 하시면 비교적 무심을 아주 리얼하게 경험하게 됩니다. 교차 호흡과 천상의 음을 한 시간 염송하고 결가부좌로 앉고 깍지를 끼고 얇은 담요 속에 집어넣습니다. (이것의 이유는 몸의 이완 시발점이 손에서 양쪽 음양의 에너지를 교류하여 금세 양쪽 손목에서 팔로 에너지가 올라가고 단전에서 불덩어리가 상반신으로 올라가니 가슴과 등 이마가 사우나에 간 것처럼 축축하게 그냥 이완되고 거의 상반신 몸의 무게는 느낄 수가 없습니다. 즉 신경과 모세혈관들이 풀리면 몸은 한마디로 평온합니다. 한마디로 구함이 없는 상태입니다.

　몸이 이완되면 바로 의식도 이완되는 과정이 진행되는 것입니다. 그런데 몸이 이완되어 나의 육신의 무게를 느끼지 못할 때는 느낌과 취하려는 의념이 일단은 덜 일어나서 몰입할 수가 있는 것입니다. 일단 몸에 대한 일체의 상만 사라져도 마음은 생각을 일으키지 않아 본래 청정한 본성과 성령을 가볍게 느낄 수가 있습니다. '무심이란' 한 생각도 일으키지 않은 상태로 깊은 선정과 묵상에 진입하기 전에 완전한 의식의 이완은 부족한 상태이지만, 몸과 마음이 구함이 없는 상태에서 '알아차림'하는 상태라고 말할 수 있습니다.

　정리하면 무심이 깊어지고 성령이 충만해지면 몸의 작용에 따라가지 않습니다. 우리는 이 무심을 통과해야 더 깊은 영성으로 들어갈 수 있습니다. 그러니까 무심은 깊은 영성으로 들어가기 전 단계를 말하는 것이며, 꽃으로 설명하면 개화는 하였어도 아직 향기를 발산하지 못하여 벌들이 찾아오지 않은 상태이며, 향기로운 꿀 향을 지금 스스로의 자정작용으로 만들고 있는 상태라고 할 수 있습니다.

✎ 사유하기: 몸 수련을 하고 무심을 경험하면 그 의식의 선명도가 투명합니다. 그만큼 인간의 순수 영성을 깊고 온전하게 체험할 때 지혜가 나오는 법입니다.

✧ 호흡이 깊어지면 망상이 나오지 않습니다

예전에 수십 년을 참선을 하여도 솔직히 번뇌 망상과 싸움하다가 세월이 지나갔고 그때 저의 솔직한 심정은 단 20분이라도 번뇌 망상이 없는 참선을 하여 보는 것이었습니다. 그만큼 우리는 아무리 좋은 이야기를 하여도 사촌이 논을 사면 배 아픈 그런 심보가 있다 보니 좀처럼 다가오지 않는다는 것입니다. 그래도 연 민심으로 나눕니다. 그동안 우리가 놓친 것은 호흡과 몸은 '서로 연결되어 있다.'라는 말에 주목하지 않았기에 지구촌이 이렇게 힘들고 어려운 명상과 묵상을 지금 하고 있습니다. 이 호흡과 몸이 연기적인 관계를 이해하면 호흡이 깊어지면 망상이 나오지 않습니다. 이 말은 과학자들은 동의하지 않습니다. (과학자분들은 망상이 나오는 게 당연하다고 말함.) 다시 말하면 몸이 이완되어 호흡이 감미로워지면 의식 또한 몸에게 요구하지 않습니다. 몸과 의식이 균형을 맞추면 뇌파는 거의 움직이지 않아 나올 망상이 없는 것입니다.

*사유하기: 쓰레기통에 쓰레기를 버리지 않으면 버릴 쓰레기가 없듯이 인체도 역시 몸이 이완되고 의식이 사랑과 자비심으로 충만하면

나올 쓰레기가 없습니다. 혹 미세한 번뇌와 망상이 나오더라도 명상과 묵상에 방해되지 않습니다. (청명한 가을 하늘에 맑은 구름과 같습니다.)

　– 명상이나 묵상 중 에고에 호흡을 놓쳤을 때

　　사실 명상이나 묵상 중에 에고가 나와서 잠시 타임머신을 타고 우주여행을 다녀올 때가 있습니다. 이것 역시 부끄러운 일이 아니며, 누구나 경험하는 일이기에 그 상황을 받아들이고 일단 몸을 가볍게 좌우로 다시 앞뒤로 움직여서 몸과 의식을 깨어나게 하는 것입니다. 그리고 생명줄인 호흡을 들숨과 날숨을 깊게 들이마시고 내쉬고를 몇 번 하여 오장의 탁한 기운을 토해내면서 들숨과 날숨을 구분하여 알아차림을 합니다. 그리고 들숨을 하고 잠시 멈추었을 때 지금을 알아차림합니다. 날숨을 하면서 끝까지 지켜봅니다. 이렇게 숨 고르기를 하다 정신이 맑아지면 아랫배에다 의념을 두고 호흡을 친절하게 시작합니다.

🌱 사유하기: 들숨을 하고 숨을 멈추면 바로 각성의 상태를 유지할 수가 있습니다.

✧ 들숨과 날숨에서 초승달 같은 비밀을 밝힙니다

　호흡은 가장 쉽게 본성과 성령을 체험하고 궁극의 내면 평화로 이끌어 주는 핵심입니다. 들숨과 날숨 사이에서 정지하여 보세요. 들숨의 끝과 날숨의 시작점(중간 지점)에서 정지하여 그 느낌의 의식을 알아차림합니다. 그 느낌을 섬세하게 주시합니다. 이 짧은 순간에 우리의 주인공인 본성과 성령을 경험할 수가 있습니다. 점차 이 의식에 알아차림에 집중하다 보면 그 의식을 확장할 날이 올 것입니다. 이것은 가장 이른 시간에 정확하게 본성과 성령을 체합하는 실질적인 방법임을 기억하셔야 명상과 묵상의 달인이 되어 내면의 평화를 회복하는 데 아주 중요한 부분이 됩니다.

🖉　사유하기: 이 알아차림을 할 때는 의식의 나머지(번뇌)가 남지 않습니다. 즉 알아차림을 하지 못하기에 번뇌와 망상 일상의 습에 끌려가서 각종 유혹으로 화를 내고 과한 욕심이 나오는 법입니다. 그런데 알아차림이 명료하면 나와 내 주변이 밝아서 늘 밝은 햇볕이 비추는 꼴입니다. 우리가 공부하는 명상과 묵상의 핵심은 이 알아차림으로 가기 위한 하나의 방편인 것입니다. (조금의 생각이 다를 수 있음.) 이 팁으로 명상과 묵상에 봄바람 같은 따스한 훈풍이 돌기를 희망합니다.

✧ 비판단으로 명상과 묵상을 즐기기

　명상과 묵상의 기술을 익혀놓으면 어디에서든 가능합니다. 정말 혼자 놀기 딱 좋은 놀이이지만 혼자 놀지 못하는 분에게는 힘겨운 것도 사실이지요. 자, 이제 여기까지 오시면서 이제는 딱딱한 명상보다 그동안의 스킬로 명상과 묵상을 즐기면서 하시는 것을 권합니다. 단 앞에서 우리가 배웠듯이 명상과 묵상의 핵심은 비판단으로 지켜보는 관찰자라는 것입니다. 일상에 우리는 이 명상과 묵상을 즐길 줄만 안다면 이완 호르몬이 나와서 명상과 묵상의 극치를 경험하게 될 것입니다. 나아가서 인간의 욕망 중의 하나인 성욕보다도 더 거룩하고 지복감이 진동하는 그런 내면의 평화를 회복할 수가 있습니다. 꼭 그렇게 되시기를 정말 간절히 기도합니다.

🌿　사유하기: 지금까지 우리는 깊은 선정과 묵상의 이로움을 바르게 공부하지 못하였습니다. 그것에 이르는 길이 얼마나 거룩한 여정인지 그곳에 다녀오신 분의 경험이 비교적 소극적이다고 표현하고 싶습니다. 그러하기에 명상과 묵상이 지니고 있는 가치가 그렇게 대중의 공감을 받지 못하는 이유가 되지 않았나 하는 생각도 들곤 합니다. 결론적으로 말씀을 드리면 깊은 명상과 묵상을 바르게 경험을 서너 번만 해 보면 우리는 나보다 상대를 위하여 살 수밖에 없는 그런 위대한 영성이 나오게 되어 있습니다. 하지만 이곳에 다녀오신 분의 생생한 증언은 정말 지구촌을 찾아보아도 손꼽을 정도입니다. 그러하니 오랜 시간 속에 명상과 묵상이 이어져 왔지만, 인간의 영성을 변화시키는 데는 미미하다고 저는 생각합니다. 그것은 더 깊은 영성을 경험한 사람이 나와

서 이끌지 못함이 원인이라고 생각하며 이 정도만 안내하겠습니다.

*텅 빈 경험하기

조금 난이도를 낮추어서 설명드리겠습니다. 우리가 아이 때 어머니의 젖을 먹을 때를 상상하여 봅니다. 젖을 먹는 아이도 행복하고 그것을 바라보는 엄마의 표정도 흐뭇하였듯이 인간이 어떤 것을 추구하지 않고 조작된 마음 없이 그저 평온한 상태에서 그 평온함을 인식하는 상태라고 말씀을 드리고 싶습니다. 명상과 묵상 중에서 몸과 의식이 이완되어 호흡조차 들숨과 날숨이 통합을 이루어 내면에서 울려 퍼지는 그 지복감을 말하며, 이때 의식은 맑고 투명하며 또랑또랑함을 말합니다.

🪶 사유하기: 이런 지복감을 느껴보면 명상과 묵상은 진전된 것이며 내면의 평화를 느끼는 것입니다. 이렇게 될 때 인간의 영성은 순수하여 근본적으로 인간의 삶이 180도 수정되는 것임을 저의 몸을 통하여 증명하였습니다. 그러하기에 이렇게 설명드리는 이유이고, 사람의 인격이 변화되어야 상대에게 선한 영향력을 나눌 수가 있습니다. 이것이 인간의 삶을 변화시킬 수 있는 근본적인 힘이라고 저는 생각을 합니다.

✧ 우리가 가장 먼저 할 일은 내면의 평화를 회복하는 것입니다

저마다 명상과 묵상을 하는 방법은 다를 수는 있어도 궁극에 우리가 하나로 모이는 것은 우리의 내면 평화를 되찾는 것입니다. 처음 입문할 때는 나와 다름에 색안경을 낄 수가 있고 내가 하는 방법이 더 탁월하고 우리가 더 명상과 묵상에 앞장선다는 그런 생각도 들곤 합니다.

지구촌의 가족 수만큼 내면의 여행을 떠나는 방법은 다양하기에 우리는 나와 다르다고 하여 그것을 비난하고 얕잡아 보면 안 되는 것입니다. 나와 행하는 방법의 다름을 존중할 때 내가 하는 명상과 묵상의 방법도 존중받을 수가 있듯이 말입니다. 저 역시 정말 다양한 방법을 거쳐 결국이 방법으로 내면의 평화를 회복하고 우리 사회와 지구촌에 궁극의 행복으로 가는 길을 제시할 수가 있었습니다. 그리하여 저의 결론은 이것입니다. 우리가 지금 내가 행하는 길에서 내면의 평화를 회복하여 그 지혜로 이웃과 함께 나눔을 실천할 수가 있어야 한다는 것입니다.

🖋 사유하기: 내면의 평화는 내면을 관찰하고 또한, 내면과 잘 소통될 때 찾아오는 것이 내면의 평화입니다. 이것은 우리가 이 지구에 와서 가장 내가 나에게 선물하는 최고의 선물입니다. 다음 생을 이야기하기 전에 지금 여기에서 내가 행복하면 내일도 모래도 행복하고 다음이 없습니다. 내면의 평화를 회복한 사람은 오직 지금만 존재합니다. 내면의 평화를 찾으면 그동안 나를 흔들게 하는 것과 고통스럽게 하는 것들을 떨쳐내고 지금 존재로서 행복할 수가 있습니다.

✧ 오직 지금만 존재합니다

청명한 가을 하늘엔 먹구름이 일지 않습니다. 오직 맑은 구름만이 두둥실 떠가고 그 맑은 구름은 비를 만들지 않듯이 이 내면의 평화를 한 번 두 번 경험하여 보면 우리가 지금 살아가는 삶에 불평불만과 스트레스가 나오지 않습니다. 그만큼 일상의 삶에서 무엇이 참다운 행복이고 지금 주어진 삶을 받아들이며 과한 욕망의 삶을 추구하지 않습니다. 진정한 내면의 평화를 경험한 그 공덕이 우리의 삶을 스스로 안내하게 되는 것입니다. 이것이 내면의 평화가 품은 힘인 것입니다.

우리는 깊은 명상과 묵상 속에서 그 똑똑하고 투명한 알아차림의 초순수의 의식을 경험하였습니다. 그 의식은 태곳적부터 이미 존재하였던 것입니다. 다만 등잔불 밑이 어두워 가장 가까운 곳에 있다 보니 우리는 그것을 보지 못한 인연으로 한평생을 바깥으로 소풍을 다니다가 이제야 그 소풍 속에서 진주를 찾았기에 이것은 그 누구의 것도 아닌 바로 각자의 몫인 것입니다. 이 이름은 천차만별로 다르게 부를 수는 있어도 실상에서 보면 이것에는 이름도 붙일 수 없고 그 어떤 것에도 물들지 않고 시공간을 떠나서 늘 절대의 자리에 항상 있는 것입니다.

이 내면의 평화를 회복한 것에 저는 진심으로 여러분을 축하하고 싶습니다. 이 책을 보시고 그런 내면의 평화를 찾았다면 저 역시 고맙고 감사할 뿐입니다. 하여 결론을 말씀을 드립니다. 이 내면의 평화를 회복하신 분은 어디에 서 있든 그림자가 따르지 않습니다. 그러하니 우리에겐 지금만 존재함을 이 생명 평화의 길을 찬탄하며 감사하게 살아가는 것입니다.

✧ 들숨과 날숨으로 내면의 침묵 소리 듣기

이것은 명상과 묵상에 좀 달인이 되어야 들을 수 있는 소리입니다. 워낙 미묘한 소리기에 들리지 않습니다. 의식이 무심이(거친 번뇌와 산란한 마음이 없는 상태) 되었을 때 많이 겨우 느낄 수 있습니다. (거기에는 태초의 침묵만 존재한다.) 고인들은 줄 없는 거문고의 소리를 들을 수 있어야 내면의 달이 떴다고 하였습니다. 말에 속으면 안 되지만 누구든지 깊은 명상과 묵상을 자주 경험하여 보면 이 말에 공감이 될 것입니다. 이것을 소개하는 이유는 스스로 대자유인이 되어 내면에서 울려 퍼지는 이 고귀한 소리 생명 평화의 노래를 부르자는 것입니다.

✧ 일상에서 명상과 묵상의 지혜를 사용하기

- 파도가 밀려오는 것을 끝까지 보고 있어야 우리가 서핑할 수 있듯이 알아차림의 호흡을 통하여 유지하여야 합니다.
- 번뇌가 일어나는 것에 동일시하지 않고 마음을 평정심(좋다 나쁘다는 분별하지 않고 있는 그대로 보는 마음.) 상태로 두고 지켜봅니다.

- 일상의 유혹에도 끌려가지 않는 내 마음을 알아차림합니다.
- 복식호흡을 통하여 마음의 평정심을 유지합니다.

✧ 쉬어가는 오두막에서 명상과 묵상 다시 복습하기

명상과 묵상 중에 어떤 생각이나 감정이 떠올라도 집착 없이 흘러가게 두고 또한, 명상하고 있다는 생각조차 내려놓아야 합니다. 너무 과도하게 힘을 주고 호흡을 주시하려고 하면 때론 경직되어 부작용이 나타날 수가 있습니다. 그저 고향 마을 뒷동산에서 내 고향 집을 무덤덤하게 지켜보는 그런 마음이 마음의 평정을 회복하는 데 도움이 됩니다. 그저 지금 하시는 호흡이 감미롭게 숨 쉴 수 있게 몸과 의식의 이완에 집중합니다.

✍ 사유하기: 알아차림이란 의도적으로 지금 나의 몸과 의식에서 일어나는 상황을 그대로 관심을 모아 집중하고 그것에 대하여 비판단을 내리고 수용하면서 호흡에 집중하는 것을 말합니다.

✔ 실습하기: 지금 현재를 주의 깊게 밀착해서 하나도 빠짐없이 알아차림을 합니다. 소리가 들리면 들리는 대로 알아차림합니다. 그것에 대하여 어떤 것에도 비판단으로 주시하고 오직 호흡에만 일어남과 사라짐의 아랫배에 집중합니다. 고요함이 찾아오면 알아차림하고 지켜봅니다.

아무것도 할 것이 없습니다. 그냥 릴렉스하면서 쉽니다. 귀는 쫑긋하고 오감을 열어 모든 것을 잊는 그대로 알아차리기만 하면 됩니다. 여러분 어떠신가요. 참 쉽지요.

✧ 나와 내 아버지와는 한 몸이다 느껴보기

좌복에 앉습니다. 안심을 유지하기 위하여 호흡을 깊숙이 마시고 천천히 토해냅니다. 어느 정도 호흡이 이완되면 몸을 움직이지 않고 오직 아랫배에다 의식을 집중합니다. 양쪽 손의 깍지를 낀 손에 뜨거움이 느껴지고 가슴과 등 그리고 이마에 송골송골 땀이 맺힙니다.

몸이 이완되니 무심이 되어 일체의 번뇌 망상 산란심이 없습니다. 호흡 역시 서서히 감미로운 호흡으로 살짝살짝 어느 것이 들숨이고 날숨인지 구분이 가지가 않습니다. 점점 더 몸의 잔재는 의식에서 멀어지고 일어나고 사라짐의 의식만 투명하지만, 아직 장애의 요소가 조금 남아 있습니다. 내 속에 거하는 아버지의 모습이 아직 완전히 선명하지가 않습니다. 몸뚱이는 불광이 나가느라 따끔거리고 이제 호흡은 거의 멎은 것 같은 연명이 이어집니다. 이제 들숨을 아랫배로 내리지 않고 등 뒤로 앞뒤로 쉬니 의식의 해상도는 지구촌을 밝힐 정도로 너무도 밝고 투명하고 어떤 것도 구함이 없는 몸과 의식은 스스로 일어나고 사라짐만 이어갑니다. 순간 척추의 뼈마디가 우드득 이완하면서 순식간에 뇌에서 벌어지는 현상은 저 하늘에서 구름을 타고 비춰보는 그런 광명의(빛) 세계가 펼쳐지는 가운데 아버지도 거기서 거하고 계셨습니다. 이렇게 잠시 잃어버린 내면의 아버지와 조우하고 그 벅찬 생명의 노래가 울립니다. 어깨춤은 덩실덩실 추어지고 60조의 세포가 합창하는 생명의 노래는 줄 없는 거문고의 소리임을 봄바람은 옆에서 찬탄하고 있습니다.

❖ 덧붙임 설명: 호흡을 등 뒤로 앞으로 이것의 설명입니다. 인간의 폐에 있는 미주신경 중에 들숨 시 가슴 뒤(등)의 신경 경추 5~6번째쯤이 이완되어 들숨을 배꼽 밑으로 하지 않고 등 뒤로 하고 날숨은 가슴으로 하는 묘유 수련이라고 합니다. (횡격막이 이완되면 이 모세혈관도 이완됨.)

✔ 실습하기: 좌복에 앉습니다. 호흡은 생명 줄이자 아버지와의 만남을 주선하는 중매쟁이입니다. 이 말을 잠시 사유하여 봅니다. 깊은 명상과 묵상으로 이르는 길은 호흡이 생명 줄이자 안내자임을 명심하셔야 합니다. 다른 것을 하시는 분들 역시 호흡이 생명줄이라고 생각하고 한번 따라 해 보세요. 몸 상태와 의식의 상태에 따라 그리고 근접삼매에서 빙빙 돌 때는 단식을 3일 정도 하시고 이 방법으로 시작합니다. 단식하는 이유는 그만큼 몸의 독소가 사라지면 의식 또한 번뇌 망상이 나올 거리가 줄어드는 방법입니다. 그렇고 관장까지 하고 따뜻한 물 한 잔을 드시고 명상과 묵상에 드시면 수련에 도움이 됩니다. 결정적인 클라이맥스에서 몸과 의식의 장애가 사라지면 아버지의 모습을 아주 선명하게 또랑또랑하게 뵐 수가 있습니다.

🐚 사유하기: 우리가 지금 여기에서 아버지와의 조우를 이렇게 선정과 묵상에서 해후할 수만 있다면 다음은 없고 오직 지금만 존재한다는 것을 스스로 아주 자명하게 알 수가 있습니다. 이것이 우리가 내면의 평화를 진정하게 경

험하는 길이며, 여기에 무슨 종교가 왜 나와야 하며 다 인간의 무지로 장벽을 만들 뿐입니다. 이렇게 되면 오직 할 일은 지구촌을 이롭게 하는 길밖에 다른 길이 없습니다. 그만큼 인간의 영성을 일취월장시켜주기에 좀 늦어도 힘들어도 몸 수련 중에 교차 호흡과 천상의 음을 놀이 삼아 하시다 보면 자연스럽게 오는 것이니 지금 한 호흡에 집중하여야겠습니다.

✌ 1분 사유하기: 남들처럼 잘하는 것보다 남과 다르게 생각하는 것입니다. 진리를 이해하고 이해한 것을 내 몸과 의식을 통하여 스스로 증명할 때 통찰의 지혜가 나와야 사람을 살릴 수 있습니다.

✧ 명상과 묵상의 달인이 되시려면 이런 방법을 권하여 봅니다

굉장히 조심스럽지만 주변의 방황하는 사람들에게 도움이 되었으면 하는 마음에서 전하고 이것의 목적은 깊은 선정과 묵상을 통하여 좀 더 지구촌의 지도자로 거듭나길 바라는 마음에서 안내하여 봅니다. 사실 명상과 묵상을 수십 년을 하여도 아직도 번뇌와 망상과 싸우고, 또한 이 영성의 길에서 그렇게 자기의 색깔을 드러내지 못하는 이유는 무엇인가를 들여다보았습니다.

첫 번째로 대자연에 대한 기초가 부족하고 두 번째는 우주 자연이 어떻게 운행하는지에 관한 자연의 법칙에 대한 사유가 부족하고, 이 두 가지를 내 몸에서 증하지 못하다 보니 지금 우리가 공부하는 진리에 진척이 부족하다는 저만의 진단을 내렸습니다. 여기에다 우리가 놓친 것에 관한 공부가 부족하고 지금까지 너무 관념적인 공부에만 우리 모두가 치중했다는 것입니다. 그리고 지금까지 살아오면서 일으킨 우리의 번뇌를 생명의 파동으로 근본적으로 대청소를 하지 못하다 보니 좌복에 앉기만 하면 분별 망상으로 앞으로 나아가지 못하고 있는 현실인 것입니다. 이 영성의 길은 오래 하는 것이 중요한 것이 아니라 한 번이라도 인간 본연의 순수 의식을 아주 깊숙하게 경험을 자주 하여야 그 사람의 의식이 변화되는 것입니다.

관념적인 명상과 묵상으론 본인은 만족할 수 있겠지만, 우리 사회와 지구촌이 궁극적으로 가야 할 길을 제시하기엔 역부족한 것입니다. 주변에선 깊은 선정과 묵상을 비꼬는 사람들과 그것에 대해 안내하는 사람은 소수에 불과합니다. 다시 말하면 내가 그곳에 이르지 못하였으면 그것에 관하여 논하는 것은 또 다른 사람들의 눈을 멀게 하는 것입니다. 나는 비록 여기까지 공부하고 그곳에 이르는 길을 열어 놓았다면 그분은 존경받을 사람입니다. 저는 여러분들이 공부하는 것을 바꾸어 놓으려고 하는 것이 아님을 처음부터 분명히 밝혔습니다. 그리고 솔직히 말씀을 드리면 그것에 관심이 없습니다. 왜냐구요? 저는 내 할 일이 아직 더 남아 있기 때문입니다. 이 책을 통하여 두고두고 그때그때 내 의식이 그곳에 이르렀을 때 한 번씩 펼쳐 보이면서 부단하게 일단 몸을 만드시면 됩니다. 그리고 나서 여러분들이 스스로 이 과정을 통과하여 보면 지금 내가 공부하는 것에 아주 '시야가 더 넓어짐'을 분명하게 약속합니다.

그것은 이렇습니다. 모든 선각자분은 이 과정을 거쳐서 정리하여 우리에게 던져준 것이기에 우리는 받아먹기엔 좋지만, 사실은 중간에 뺀 것이 있었던 것입니다. 이런 것은 지금 지구촌을 둘러보면 백성을 거느리기 위한 정치 지도자들의 음모인 것입니다. 사람들이 자기보다 더 똑똑하고 총명하면 리더의 말을 듣지 않기에 과거의 지도자들은 이렇게 우리가 알아야 할 소중한 것들을 배제하였던 것입니다. 이야기가 좀 길었습니다. 정리하여 말씀을 올리면 그동안 우리가 소홀하였던 개념들에 대하여 충분히 사유하시고 교차 호흡과 천상의 음을 정말 놀이 삼아 하시면 차크라는 자연스럽게 열리고 여기에다 하나 추가한다면 마인드를 위대한 성인분들같이 아주 높게 잡고 공부하여야 쓰러져도 일어날 수가 있고 쉽게 포기하지 않습니다. 깊은 선정과 묵상을 자주 경험하시면 명상과 묵상의 진정한 달인이 되어 바른길을 제시할 수 있습니다.

✧ 여전히 아직도 의식이 들끓습니다, 어떻게 하죠?

옳으신 말씀입니다. 지금까지 수십 년을 그렇게 살아오셨는데 아무리 좋은 방법이라도 그것이 들어가서 나의 몸과 의식에 적용되려면 수년이 필요합니다. 아주 죽기 아니면 살기로 전적으로 달려들기 전에는 우리 모두 다 느긋합니다. 저 앞의 산에는 산불이 붙었는데도 그렇게 절실하지가 않습니다. 그만큼 우리의 몸은 병들어 가고 의식은 스마트폰의 정보에 오염되어 가도 행동으로 옮기지 못하는 게 우리의 현실입니다. 이에 처방전을 제시합니다. 의식이 아직 여전히 들끓는다는 것은 자동차로 설명하면 불완전 연소가 되는 것입니다. 모든 조건이 제 역할을 하면 자동차의 매연은 나오지 않듯이 우리의 의식도 몸의 기혈 순환이 원활하고, 차크라가 이완되면 망상도 덜 나오고, 동시에 집중력이 강화가 자동으로 되는 것입니다. 그러니 기본기를 더 다지는 수련을 통하여 몸 수련에 지금이야말로 집중할 때인 것입니다.

✔ 실습하기: 우리가 소홀한 기본적인 개념을 정리하여 문 사수를 하셔야 내공이 쌓입니다. 그리고 몸 수련을 기초부터 다시 시작하시고 백일 축기를 한두 번 더하시면 인체의 차크라가 이완되니 희망을 가지시고 꾸준히 하시면 내면의 평화는 얼마 남지 않았습니다.

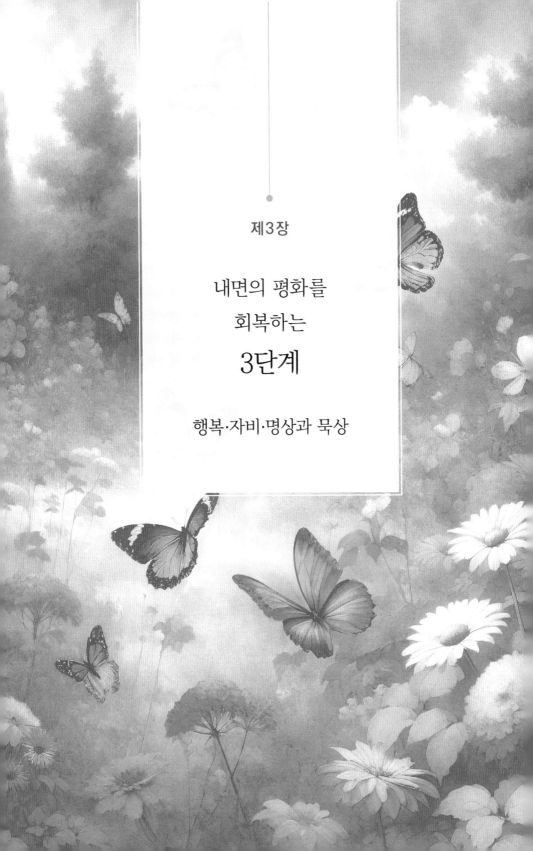

제3장

내면의 평화를
회복하는
3단계

행복·자비·명상과 묵상

*쉬어가는 오두막

지금부터는 일상에서 내면의 평화를 회복하기 위한 명상과 묵상을 친절하게 안내하여 보겠습니다. 어쩌면 지금서부터 안내하는 명상과 묵상은 생활에서 마주하는 인간관계를 좀 더 행복하게 하고자 하이고, 궁극에 내가 먼저 행복하여 내면의 평화로움을 느낄 때 상대에게 도움이 될 수가 있는 것입니다. 그냥 멈추고 자연 호흡을 시작합니다.

✧ 치유 명상과 묵상

자연이 운행하는 원리와 법칙을 이해하고 깊은 선정과 묵상에 들어 보면 인체를 치유하는 근본적인 지혜를 증득할 수가 있습니다. 그것은 자연과 인간의 몸은 서로 연결되어 있다는 것과 인체의 핵인 세포의 변성을 이해하면 좀 감이 옵니다. 1장에서 우리는 우주 자연의 원소들은 진동한다는 것을 공부하였고, 그중에 옴과 훔은 인체의 모든 세포를 동시에 진동하게 한다는 한 과학자의 증언을 공부하였습니다. 그리고 한 과학자의 연구에 따르면 시험관에 암세포를 넣어 훔 소리를 들려준 결과, 암세포는 진동 후에 터져 버렸다. 반면에 인체의 보통 세포를 시험관에 넣고 훔 소리를 들려주었더니 더욱더 건강하게 자랐다고 합니다. 그 후 일부의 과학자들은 이미 우주 자연의 진동 원리를 이용한 파동 치료로 인간의 병을 치료할 수 있다는 사실을 알고 실제로 암 환자에 적용해서 놀라운 치료 효과를 나타냈습니다. 오늘날 다시 양 한방에서 파동의 원리를 이용한 각종 물리치료기로 발전되어 이를 사용하고 있습니다.

이것은 옴과 훔에서 그 원리가 시작된 것입니다. 자, 이제 이 정도의 과학적인 서론으로 내 몸을 내가 치유하는 원리를 안내하여 보겠습니다. 핵심은 이것입니다. 우리의 오장육부는 특정 주파수에 이미 연결되어 저마다 고유한 주파수에 반응한다는 것입니다. 앞에서 배운 차크라 스캔 명상에서 설명하였듯이 내가 특별히 아픈 곳을 향하여 사랑과 자비의 파동을 보냅니다. 그리고 그 아픈 곳에다 교차 호흡을 하는데, 들숨 시 그 아픈 곳에다 우주 자연의 맑고 밝은 빛의 에너지로 생각의 의념을 보내는 것입니다. 예를 들어, 암 덩어리가 있다고 하면 본래 완전하였고 그곳의 세포는 지금 밝게 빛으로 운동하고 있다는 관상의 염파를 보냅니다.

✔ 실습하기 1: 훔은 머리 부분이고 아는 가슴 부분 옴은 배꼽 주변입니다. 예를 들어 위장이 아프다면 위에다 의념을 보냅니다. 지금까지 너무 소홀하게 너무 과식하여서 미안함을 전하고 이제는 당신을 잘 돌보겠다는 사랑과 자비의 파동을 의념으로 위에게 보냅니다.

  다음은 교차 호흡을 하면서 위에 집중합니다. 들숨 시 위장을 위에서부터 전체를 봄바람같이 훈풍의 마음으로 위장을 마사지하듯 들숨으로 위장을 인식합니다. 들숨 시 신체는 받아들이고 날숨이 이완되는 것입니다. 다음은 위장을 생각으로 그려보고 사랑과 자비의 마음으로 들숨을 깊숙하게 한 뒤, 날숨으로 옴의 파동으로 위장 전체를 내가 치유한다는 마음을 갖습니다. 물론 병원에서 치유하는 물리치료기는 고주파여서 인체에 침투력이 강한 반면, 우리가 하는 치유의 파동은 약하지만 이것을 아셔야 합니다. '지금 내 마음과 위장은 그대로 연결되어' 지금 일으키는 생각의 염파가 위장에게 전달되어 세포가 각성하는 것입니다. 그리고 이렇게 마무리합니다. '본래 다 완전하다.' 그리고 내 몸의 탁기는 지금 발바닥 용천혈로 다 나갔다고 손으로 위장을 오른쪽으로 돌리면서 마무리합니다.

이것을 나누는 목적은 이것입니다. 이 과학 시대에 이것에 관한 공감도는 떨어지지만 내 마음의 평화를 회복하려면 우리는 스스로를 지켜야 합니다. 그 누구도 우리를 지켜주지 않습니다. 내가 나를 가장 사랑하고 아끼는 사람임을 자각해야 하고 근본적으로 아픈 곳을 의사보다 내가 더 잘 알고 그것에 대한 원인을 가장 잘 아는 사람이 나입니다. 내가 나를 받아들이고 진심으로 사랑한다면 아픈 곳의 세포는 스스로 치유되고 깊은 명상과 묵상에 들어보면 에너지는 밝은 곳에서 어두운 곳으로 흘러갑니다. 결국 내 몸의 경혈 자리에는 정신적인 부분과 육체적인 부분의 합일을 이루기에 그곳의 에너지의 힘이 스스로 아픈 곳을 치유합니다. 이것이 우리의 몸인 것입니다. 내 몸의 의사는 내가 치유자입니다.

✔ 실습하기 2: 우리 몸이 불편하다는 것은 앞에서도 공부한 것처럼 장기 고유의 주파수에 문제로 오는 것이기에 그것과 공명하는 파동과 음식으로 치유하는 것입니다. 씽잉볼을 장기에 맞는 것을 진동시켜 죽은 세포가 살아나게 하는 것입니다. 소리와 내가 하나 되어 아픈 곳을 응시하여 마음 가는 곳에 에너지는 흘러 세포를 변성하게 합니다. (지극한 자비심이 필요함.)

✍ 사유하기: 내 몸의 세포와의 아주 절실한 공감의 소통이 필요한 것입니다. 이것을 어찌 말로써 설명을 드리겠냐마는 바라는 마음 없이 미묘한 세포의 말을 내가 듣고 감사의 마음을 내는 것이 답입니다. ('고맙습니다. 감사합니다. 덕분입니다. 사랑합니다.'를 염송으로 마무리합니다.)

✧ 자비 명상과 묵상

*한마디로 사촌이 논을 사면 질투하는 마음을 칭찬하는 마음으로 돌리는 연습입니다.

자비심의 수혜자는 바로 나입니다. 이미 나눌 때 나는 행복하였습니다. 상대가 나를 인정하지 않아도 나눔의 미덕으로 그가 미소 짓는 것을 보았습니다. 그래서 나는 행복한 사람입니다. (내면의 평화를 회복하는 길에 사랑과 자비심은 필수 조건입니다.)

✔ 실습하기: 좌복에 앉아 들숨과 날숨으로 지금 내 마음을 고요히 숨 고르기를 시작합니다. 이것이 되었다면 의식을 아랫배에 집중하여 지금 배가 일어나고 사라지는 복식호흡을 시작합니다.

숨이 고르지 않으면 잎으로 날숨을 토해내고 허리를 굽혀 배속의 탁기를 오장에서 다 배출하여 맑고 신선한 산소를 흡입하며 지금 내 마음을 주시합니다. 점차 내 마음에서 지금 올라오는 생각의 감정들을 지켜보되 일절 말을 섞지 않습니다. 그리고 그것을 있는 그대로 지켜보는 주시자 입장에서 잠시 분석 명상을 시작합니다. 어머니를 생각하여 봅니다. 어머니는 그 어떤 대가로 바라지 않고 당신은 허기진 배를 물로 채우고 빵 한 조각을 속치마에 넣어두고 하루 종일 땡볕에서 일하고 저녁때가 되어서 올망졸망 어머니를 향하여 달려가는 아이들에게 당신의 속치마 속에서 부서진 빵조각을 아이들에게 건넵니다. 아이들은 서로 먹으려고 밀치다 빵조각은 그만 땅에 떨어지고 어머니는 다시 후후 불어서 아이들 입에 하나씩 넣어 줍니다. 이것이 진정한 사랑이자 자비심인 것입니다. 우리도 어머니를 닮아가야 겠습니다. 하여 이렇게 마음속으로 다짐합니다. 상대방의 기쁨을 질투하는 것이 아니라 함께 기뻐하고 나누는 마음의 그릇을 넓힙니다. '이렇게 하면 내 마음이 행복합니다. 이것이 자비 명상입니다.

허리를 좌에서 우로 우에서 좌로 가볍게 스트레칭을 하면서 '분석 명상'에서 나옵니다. 나눌 때는 그 대가를 바라면 마음의 메아리가 들려오지 않습니다. 당신이 행복하기를 당신이 고통에서 벗어나기를 당신이 건강하기를 당신이 평화와 기쁨으로 충만하기를 염송합니다. 내 마음에 자비심의 물이 고이니 흐뭇합니다.

✧ 아침에 눈 뜨면서 하는 명상과 묵상

✔ 실습하기: 지난밤 잠으로 하여금 에너지를 충분히 충전하였기에 눈이 떠지는 순간이 명료합니다. 이 '순수의 영혼'은 지금 잠에서 깨어나는 찰나 나의 몸과 의식을 알아차림하는 바로 이 순간입니다. 그러면서 바로 우리는 시간을 보면서 분별로 들어갑니다. 조금 전 백지상태의 영성에서 눈을 뜨는 순간 지금의 느낌을 알아차립니다. 무엇을 하려고 하는 의도가 전혀 없었던 그 순간을 앉아서 자연스러운 들숨과 날숨을 통하여 느껴봅니다. 그리고 가볍게 내면에서 울리는 텅 빈 침묵의 소리를 알아차림합니다.

✍ 사유하기: 지금까지 우리가 공부한 명상과 묵상의 기술로 아침에 눈 뜨자마자 누워서든 앉아서든 가볍게 꾸준하게 자신의 내면을 검색하고 또 소통하

는 자비심을 강화하여 끝내는 짧은 시간이지만 저마다의 내면의 평화를 경험하여 봅니다. 그리고 이렇게 가볍게 말합니다. 내가 행복하기를 내가 행복을 바라듯이 당신도 행복하기를 염송합니다.

✍ 1분 사유하기: 행복의 비결은 우선 자기 자신으로부터 불필요한 것을 제거하는 일에 있다.

✧ 우울증에서 벗어나는 명상과 묵상

*이런 마음이 들 때 가장 중요한 것은 '지금의 마음에 따라가지 않고' 어떠한 선택도 하지 않는 것입니다. 그리고 그 감정에서 빠져나오는 길은 들숨보다 날숨을 길게 쉬어 정신적인 가슴의 울화를 빼내는 것입니다. 물론 명상과 묵상을 모르는 분은 땀을 흘리면 인간의 마음은 나와 상대를 용서하는 마음이 생기니 등산이나 걷기를 통하여 최대한 땀을 흘리시면 그 마음에서 벗어날 수가 있습니다. 이제 마음의 처방전을 제시합니다.

✔ 실습하기: 그런 상황에 섰다면 일단 비판단으로 스스로에게 이렇게 약속하세요. 명상이나 묵상을 한번 해보겠다고 말입니다. 아주 놀랐습니다. 마음이 언제 그렇게 우울했는지 모를 정도로 호흡은 인간의 몸과 의식을 비교적 짧은 시간에 근본적인 것을 리셋하는 마법을 가지고 있습니다. 주변에 지금 내가 그래도 조용히 앉을 수 있는 곳을 찾습니다. 장소는 상관

없고 지금 당장 앉을 수 있는 곳만 택하여 앉아서 허리를 곧추 세웁니다. 들숨과 날숨을 그냥 들이쉬고 내쉬고를 몇 번이나 반복하다 보면 그렇게 뛰던 심장이 일단 제일 먼저 살며시 뛰며, 이렇게 되면 마음도 조금은 차분해지고 있습니다. 아무런 의도도 가지지 말고 들어가고 나가고만 지켜보다 보면 주변의 자동차 소리조차 잊습니다. 내 마음은 어느새 저 천 길 밑의 심연으로 내려가서 그 화났던 마음 우울하였던 마음을 서서히 정화하고 있는 것을 본인이 느낍니다. 이런 내가 좋아 보이고 사랑스러운 마음이 올라옵니다. 이것이 호흡이 지닌 마법이자 명상과 묵상의 힘인 것입니다. 정말 내가 그런 상황에 오직 하였으면 그랬을까 하는 연민심도 있지만 평소에 내가 이런 것과 인연이 되었다면 스스로를 잘 다룰 수 있다는 삶에 자신감을 얻었습니다.

✔ 실습하기 2: 일상에서 마음이 우울하고 삶이 시큰둥하고 회사도 가기 싫고 그냥 남편과 아내가 미워지고 상대가 내 마음에 들지 않는다는 마음이 올라올 때 그대로 내버려 두면 내 마음만 아픕니다. 하여 두 번째 처방전을 제시합니다. 우울증 천만 명 시대 그대 안으로 저는 천상의 음을 염송하라고 권합니다. 이것 역시 평소에 한 소절만이라도 내가 마음대로 염송할 줄 안다면 그런 우울한 상황 극단적인 생각에 치달을 때 내 마음을 변환할 힘을 지니고 있습니다. 이것 역시 우리의 세포를 평화롭게 하여주기에 그 우울한 마음에서 나올 수 있습니다. 듣는 것보다 소리 내서 하여야 가슴속의 공명이 일어나 세포를 변성시킬 수 있습니다. (한 시간만 염송하여 보시면 천당과 극락을 살아생전에 체험하실 수 있습니다.)

✔ 실습하기 3: 이것은 삶이 무기력할 때 저도 가끔 하는 방법입니다. 분명 아침 해가 뜰 때 해 뜨는 방향을 바라보면서 애국가를 힘차게 소리 질러 부르는 방법입니다. 애국가 가사의 소절에는 주파수가 힘찬 기운을 불어넣어 주는 영적인 에너지가 들어 있습니다. 아주 기분이 좋아지고 기분이 좋아지면 '나는 행복합니다.'의 노래를 한 번 더 앵콜송으로 하시고, 국민체조로 마무리하시면 삶은 이대로 감동인데 내가 너무 복이 많고 게을러서 이런 망상이 찾아오는 것입니다. 내가 할 일이 있고 목표가 분명하면 늘 희망인데 그 희망을 잃었을 때 마음은 우울해지는 것이니 늘 일상에서 이런 천상의 음 하나는 기억하여 두시고 언제라도 한 소절 부르고 나면 내 몸과 영혼은 그냥 가벼워서 침체된 마음을 업하실 수 있습니다.

✔ 실습하기 4: 나의 손에 몇 식구가 지금 의식주를 해결하고 있는 사람은 우울증에 걸리지 않습니다. 혼자 살고 할 일이 없는 사람이 과다 생각 망상증에 걸리다 보니 내 마음이지만, 내 마음대로 되지 않을 때는 일단은 약물을 처방받고 서서히 천상의 음을 염송하시면 세포가 살아나서 다시 건강한 마음을 회복할 수가 있습니다.

✔ 실습하기 5: '감사합니다.'와 '덕분입니다.'를 큰소리로 염송하면 내 마음은 감사와 덕분의 마음을 회복하기에 늘 감사 명상과 묵상을 하시면 도움이 됩니다.

✧ 촛불 명상과 묵상

이 명상과 묵상은 정신 집중에 도움이 되며 명상과 묵상을 이어가는 촉매자의 역할을 합니다. 아침에 뜨는 여명과 저녁놀이 지는 순간에 그것을 바라보고 명상과 묵상을 해 보면 마음은 금세 집중됩니다. 그만큼 은은한 조명은 사람의 마음을 평온하게 하며 또 친근한 친구같이 서로 마음을 주고받게 됩니다. 정신이 산란할 때 촛불을 바라보는 훈련을 하면 좀 더 산란한 마음에서 차분한 마음으로 돌아오게 합니다. 그것은 촛불이 도와주는 것이 아니라 근원적으로 내 마음에 산란심이 줄어든 결과인 것입니다. 대상에 마음을 모으는 수련은 좋습니다.

그리고 그 대상은 나를 더 궁극의 내면 평화를 회복하는 길로 안내하여 주고 있으며, 바라봄은 대상을 통하여 다시 나의 마음으로 메아리 되어 평화라는 선물을 주고 있습니다.

✔ 실습하기: 먼저 촛불을 켜고 지근거리에 방석을 놓습니다. 촛불이 바람에 흔들리지 않고 바르게 섰으면 복식호흡을 시작합니다. 몸과 의식의 긴장이 풀릴 때까지 들이쉬고 내쉬고를 반복하면서 지금 내 마음의 의식을 안으로 집중하고 그 느낌을 관찰합니다. 좋은지 나쁜지 좋지도 나쁘지도 않은지 스스로 평정심을 찾습니다. 이제 서서히 촛불을 응시합니다. 눈에 보이는 것에 대하여 촛불이 흔들린다. 밝다 어둡다는 생각을 내지 않고 지금 내 눈앞에 보이는 촛불을 있는 그대로 바라봅니다. 점차 호흡이 고요해지면 촛불도 보일 뿐이지 어떤 상도 생기지 않습니다. 호흡이 점점 더 고요

해지면 촛불도 희미하여지고 오롯한 일어나고 사라지는 느낌의 의식만 선명합니다. 내가 촛불이 되고 촛불이 내가 됩니다. 둘 사이에는 어떠한 장벽이 존재하지 않습니다.

🌱 사유하기: 상과 법을 내려놓으면 우리는 하나입니다.

✧ 병원 침대에 누워서 하는 명상과 묵상

지금 내가 누워 있는 곳이 병원의 침대입니다. 명상과 묵상을 시작하기 전에 내가 지금 여기에 있음을 인정하고 받아들이는 마음이 준비되어야 합니다. 받아들이면 새싹이 솟아나는 법이지요. 지금 침대에 누워서 때론 무료한 시간으로 TV를 시청하고 시간을 헛되게 보낼 수가 있습니다. 이제 바로 당신이 명상과 묵상할 시간이며, 이 기술을 습득하면 몸과 마음의 세포가, 즉 60조의 세포가 제일 좋아할 것입니다. 지금까지 세포의 외침을 듣지 못하였기에 이렇게 병상에 오게 된 것입니다. 그러나 지금부터는 100% 긍정의 힘으로 내가 세포를 재생하는 힘과 능력을 가지고 있다는 생각으로 변화시킵니다. 사실이 그렇습니다. 병원 치료와 함께 내가 마음의 치료를 병행하시면 당신은 지금 이 침대에서 벗어날 일만 남았습니다. 힘을 내시고 힘들어도 꾸준히 하시면 반드시 희망을 선물함을 안내하면서 실습하여 보겠습니다.

✔ 실습하기 1: 편안한 자세가 되게 몸의 위치를 정하고 호흡을 시작합니

다. 지금까지 건성건성 그리고 내가 숨 쉬는 것조차 몰랐던 분들도 계실 것입니다. 한 호흡에 정성과 아주 친절한 마음으로 들숨과 날숨을 쉬면서 들숨에 몸 이완 날숨에 마음 이완이란 이름을 붙이고 호흡합니다. 아무리 병이 지중하다고 하여도 지금 내 한 호흡에 지극한 마음을 내면 점차 여러분의 60조의 세포는 알아듣습니다. 가장 먼저 나의 마음을 알아차리는 것이 세포입니다. 눈에 보이지 않는다고 하여 소홀이 생각하지 말고 한 호흡 한 호흡에 들숨과 날숨을 어느 정도 하시고 나서 천상의 음 여덟 개를 듣고 따라 합니다. 방을 여러 명이 함께 사용한다면 들으시고 이것을 염송할 환경이 되신다면 믿고 따라 하여 보세요. 이 천상의 음에는 정말 인간이 헤아릴 수 없는 신령한 힘이 들어 있습니다. 왜 저가 여덟 개를 다 염송하라고 하는 이유는 이것은 우리의 오장육부에 저마다의 장기에 고유한 주파수를 달리 사용하기 때문입니다. 믿음이 여러분의 몸과 마음을 케어함을 분명하게 말씀을 올립니다.

✔ 실습하기 2: 교차 호흡과 천상의 음에는 신성한 힘이 내재되어 있습니다. 병원 치료와 병행하시면서 내 몸의 세포와 마음 나누기를 하시는 습관을 가지시면 도움이 됩니다. 이것이 최고의 명약입니다. (뭐든지 들어오기는 쉬워도 나가는 것은 몇 곱절의 노력이 필요합니다.)

✧ 연구실에서 하는 명상과 묵상

창의적인 생각을 한다는 것은 어디에서 오는 것일까요? 여러 가지 답변을 하실 수가 있지만 저는 인간이 가지고 있는 잠재력을 마음껏 발휘하고 좌뇌와 우뇌의 영성을 활용해야 번쩍이는 직감력이 나오는 법입니다. 하여 그 방법을 안내하여 봅니다.

✔ 실습하기 1: 남과 다른 영감을 하려면 우선 앞장에서 공부한 천문(백회)의 신경을 이완하는 게 도움이 됩니다. 그만큼 인간의 영역을 넘어 우주 자연과의 교감에서 오는 번쩍이는 영감을 수신받을 수가 있습니다. 이것에 먼저 교차 호흡과 천상의 음을 한 시간 염송하는 동안 마치 잘 익은 도토리가 밤송이에서 툭 떨어지듯이 직관적인 영감이 나옵니다. 그것은 이렇습니다. 여러분의 의식을 양파의 껍질처럼 한 꺼풀씩 벗겨주다 보니 순수의 영성에서 바라보는 맑은 의식이 자연스럽게 나오는 것입니다. 또, 하나의 방법을 소개하면 천상의 음을 들으시며 산책과 자연을 바라보면 막혔던 한 생각이 나옵니다. 이 모든 것은 바라는 마음 없이 내가 그러할 때 내 안에 있던 것이 조건이 맞으니 나오는 것이지 어디서 들어오는 것이 아님을 분명하게 아셔야 합니다. 꾸준히 교차 호흡과 천상의 음을 염송하시면 의식이 더 맑아져 창의적인 생각도 함께함을 밝힙니다. (천상의 음 염송 시 영감이 질 나옵니다.)

✔ 실습하기 2: 나보다 모두가 이로운 길을 찾으면 아이디어가 나오는 법입니다.

✧ 학교 교실에서 하는 명상과 묵상

✔ 실습하기 1: 멍때리기로 시작합니다. 우선 멈추어서 내 호흡소리를 듣습니다. 의자에 앉아 고요히 숨소리를 지켜봅니다. 그리고 스마트폰을 켜서 천상의 음을 듣습니다.

무엇을 어떻게 하라고 할 말이 필요 없습니다. 천상의 음을 들으면 마음이 평온해져서 스스로의 영성 자리로 돌아오게 하기에 자비심을 키우게 합니다. 이렇게 학교에서는 음악을 가지고 안내하는 것이 좋습니다.

✔ 실습하기 2: 학교에 등교하여 수업을 시작하기 전에 학교에서는 자연스럽게 자기를 들여다보는 연습의 시간을 갖습니다. 나는 지금 공부를 왜 하려고 하는지를 사유합니다. 내가 지금 공부하는 것이 누구를 위함인지 사유합니다. 이 생각으로 자기의 마음을 가다듬고 허리를 곧추세우고 나의 호흡을 지켜봅니다. 들숨에 부드러움을 느껴보고 날숨에 상쾌함을 느껴봅니다. 호흡에 의념을 두지 말고 복식호흡으로 일어나고 사라짐을 관찰합니다. 좀 더 정신을 집중하려면 들숨과 날숨에 숫자를 세고 계속하여 이어가다가 열정도 하고 나서 다시 처음으로 돌아와서 명상과 묵상에서 나옵니다. 마음의 평온함을 느끼며 마무리합니다. 내 마음이 행복하듯이 친구들의 마음도 행복하였으면 좋겠다고 되뇝니다. 학교에서는 비교적 짧은 시간으로 명상과 묵상을 소리 내어 안내하는 게 도움이 됩니다.

✧ 싱크대 앞에서 하는 명상과 묵상

늘 밥을 먹어야 하고 누군가는 설거지를 하여야 합니다. 오늘날은 남녀가 구분되지 않게 서로서로 도우면서 설거지를 하는 세상입니다. 이왕 설거지를 할 때 이렇게 마음을 먹습니다. 그릇을 닦는 것에만 집중하지 말고 내 마음의 욕심도 이렇게 맑게 씻어준다는 생각으로 설거지를 하여 보는 것입니다.

✔ 실습하기: 지금 손가락의 느낌을 알아차립니다. 우리가 좋다 나쁘다의 시작점이 이 느낌에서 시작됩니다. 물이 차갑구나. 너무 덥다는 생각을 온몸으로 알아차림합니다. 어떤 판단을 내리지 않고 내 감정을 섞지 않고 손가락에 전해오는 느낌만 집중을 합니다. 그리고 마무리는 내 마음도 깨끗해졌다고 관상하면서 그릇만 깨끗하게 닦는 것이 중요하지 않고 동시에 내 육신의 몸도 성내고 화내고 미워하는 마음들이 깨끗해졌다고 나를 칭찬합니다.
이 설거지된 깨끗한 마음을 온전하게 느껴봅니다. 너무도 맑고 투명합니다.

✔ 실습하기: 설거지된 그릇들을 비판단으로 지켜봅니다. 내 마음도 내가 알아차림을 하였을 때 지금 저 단정하게 꽂혀있는 그릇과 같습니다. 이 느낌을 느껴봅니다.

◇ 화장실에서 하는 명상과 묵상

✔ 실습하기: 말이 화장실이지 지금 나는 무문관에 들어왔다고 생각을 합니다. 자리를 잡고 불을 끕니다. 컴컴함이 잠시이니 놀라지 말고 두려움 마음도 갖지 마세요. 여기는 여러분들의 집 화장실이니 아주 마음을 평온하게 가집니다. 컴컴하면 눈앞에 보이는 것이 없어서 일단 집중은 잘되나 가만히 있어 보면 떠오르는 게 생각입니다. 좌변기에 앉아서 허리를 곧추세워야 변이 잘 나옵니다. 나는 누구인가를 생각합니다. 누구의 아버지 어머니로 호칭을 받습니다. 그런데 그것은 이름을 붙인 것에 불과한 것이며, 이 화장실에 오게 한 것이 누구인지를 찾아봅니다. 지금까지 그렇게 화장실을 다녔지만, 한 번도 이런 질문을 던지지 않았습니다. 누가 화장실에 가라고 하였는지를 찾습니다. 그것을 찾았다면 화장실에서 나와도 좋습니다. 아직 누가 화장실에 가라고 명한 사람을 찾지 못하였다면 좀 궁리하여 봅니다. 누가 보냈을까?

◇ 상사와 동료의 압박감에서 벗어나는 명상과 묵상

참 인간관계만큼 힘든 것이 없습니다. 이혼과 퇴사 우울증 이 모든 것의 근원은 인간관계를 바르게 하지 못하여 오는 것이기에 어떻게 하면 관계를 잘 소통할 수 있는 지혜를 나누어 보겠습니다. 우리는 지금 눈에 보이는 것이 실재한다고 생각을 합니다. 너무 어려운 이야기죠?

쉬운 말로 풀어서 간략하게 설명하겠습니다. 상사가 나에게 화를 내는 것은 실재 상황입니다. 또 동료가 나에게 험담으로 대하는 것도 실제 상황입니다. 그런데 상사는 내게 화를 내어도 내 마음속에 너그러움 마음이 존재한다면 그 상황에 끌려가지 않습니다. 그런데 평상시 내가 그런 마음을 갖추지 못하면 상대의 말과 행동에 우리는 속아서 결국은 끌려가 그것이 실재라는 사실로 받아들여 화를 내게 됩니다.

✔ 실습하기 1: 상사의 말과 동료의 시기와 질투는 사실이지만 그 사실에 내 마음을 있는 그대로 바라보는 마음의 힘을 강화하면 내가 끌려가지 않고 감정에 동요되지 않습니다. 주변에서는 온갖 생각 감정 그리고 역동적인 변화로 나에게 압박을 가하여도 그 과정을 지켜보는 힘은 호흡이 만들어 줍니다. 평상시 교차 호흡과 천상의 음의 염송으로 내 마음의 그릇을 상대를 담을 수 있을 정도로 넓히는 것입니다. 한 발짝 물러나서 지금 상황을 객관적으로 바라볼 때 정견이 생겨서 지금 일어난 일을 있는 그대로 볼 수가 있습니다.

이 세상의 모든 생명은 다 자기 멋대로 살려고 하고 내 마음에 들려고 태어난 사람이 없다고 생각을 합니다. 하물며 내 손의 다섯 손가락도 다 다르듯이 다름을 인정합니다.

✔ 실습하기 2: 상대가 내 편이 되어주지 않아서 속상하고 그가 밉습니다. 상사 역시 왜 이리 일을 못하냐고 나를 미워합니다. 오늘도 직장에서 있었던 일입니다. 내가 살아오면서 나와 세상 그리고 이 자연에 관한 공부를 하

지 않은 이유로 주변은 나를 계속하여 공부하게 이끌고 있는 것입니다. 이 참에 나는 누구이며 나는 어떻게 존재하며 살아가는지에 대한 근원적인 질문을 던집니다. 질문을 던지지 않았기에 내가 마주하는 세상은 나를 지금 질문하게 하는 것으로 해결점을 찾아야 합니다. 이런 질문에 스스로 답이 나오면 지구촌이 나를 왕따를 시켜도 예하는 마음이 나오는 법입니다. 지금 이런 마음이 든다면 나를 공부하는 시간으로 받아들여야 대 자유인이 될 수가 있습니다. (상황은 받아들이고 내 감정을 그것과 동일시하지 않으려면 평소에 마음 챙김을 하는 습관이 있어야 그 상황을 주시할 수 있는 내면의 힘이 필요한 것입니다.)

✔ 실습하기 3: 서로의 입장을 바꾸어서 생각하여 봅니다. 나만 생각하면 문제는 풀리지 않고 때론 더 이기적인 나로 변할 수가 있습니다. 그럴 수도 있지 하는 자기 자비가 생기면 이런 문제에서 다시 회복 탄력성이 생겨 서로 이해력과 공감력이 나옵니다.

✧ 집이 없어서 방황하는 젊은이들과 함께 공감하는 명상과 묵상

지금은 옥탑방에서 하루를 시작합니다. 또 어떤 이는 반지 하에서 그것도 해도 들어오지 않는 곳에서 컵라면으로 아침을 먹습니다. 저마다의 조건과 환경이 너무도 열악한 것이 우리의 현 모습입니다. 정말 지금의 경제로 미래는 계산이 나오지 않습니다. 하여 집 밖을 나오지 않고 스마트폰과 게임으로 젊음을 보내는 일부의 청춘도 있는 것 같습니다. 정말 우리에게 어떻게 살아야 희망을 찾을 수 있을까요? 우리가 지금 마주하는 현실은 젊은이들에게 취업과 집 마련이 현실적으로 어려운 것은 사실이지만 이대로 우리는 멈추고 기성세대 탓만 하고 내 젊음의 시간을 낭비할 수는 없습니다. 현실은 그러하지만 분명한 것은 그 속에는 틈새시장이 있고 내가 할 일이 분명하게 있다는 것입니다. 남이 가는 길을 나도 갈 필요는 없습니다. 나는 나답고 어느 것이 진정 나와 국가를 위하는 길인가 하는 명분 있는 일을 찾는 것입니다. 우선은 학교 공부도 중요하지만, 사회는 지금 무엇을 원하는가를 사유하고 전체를 이롭게 할 수 있는 길을 내가 공부할 때 나는 존중받을 수가 있습니다. 늘 깨어서 세상을 읽어야 합니다. 지금 내 앞에 이런 상황을 불평불만을 하면 삶은 나아지지 않습니다. 지금 주어진 그 길 속에서 하나하나 전체를 사유하면 내가 할 일이 나옵니다. 그리고 젊은이의 기상으로 도전해야 합니다. 내가 이 어려움을 해결하는 사람이 되겠다고 말입니다. 이런 마음을 가지면 주변이 새롭게 다가옵니다.

✔ 실습하기: 늘 아침저녁으로 좌복에 앉자 명상과 묵상을 하는 습관으로 항상 내 마음을 빈 항아리처럼 비우고 영감을 받습니다. 지금 행하는 것으로 사유하되 전체에게 도움이 되는 길을 생각하면 아이디어는 쉽게 나옵니다. 나의 이익을 바라면 영감은 나오지 않습니다. 생각을 나만 생각하면 아이디어는 가치가 약합니다. 항상 이웃을 생각하는 마음으로 지금 가까운 곳 주변부터 살핍니다. 내가 할 일은 가까운 곳에 있습니다.

✧ 돈을 벌기 위해 고군분투하는 이웃과 함께하는 명상과 묵상 (외국인 근로자)

　새벽부터 밥 한 술을 어떻게 먹었는지도 모르게 먹고 일터에 섰습니다. 찬란한 아침 해가 떠올라도 그것을 볼 수 있는 마음의 여유가 없고 이런 것은 나에게 사치라고 생각을 합니다.

　점심때가 되어 배고픔으로 폭식을 하고 오침을 합니다. 이것이 유일한 낙이고 희망인 순간입니다. 저녁때가 되어 두툼한 돈을 주머니에 넣으니 최고의 기분입니다. 퇴근하면서 피곤을 이기고자 소주 한잔을 하고 그만 집에 와서 잠에 곯아떨어집니다. 한밤중에 일어나 다시 냉장고 문을 열고 소주 한잔을 더 먹습니다. 이것이 지금 우리의 보통 사람들의 삶의 이야기입니다.

　✔ 실습하기 1: 생각을 바꿉니다. 이른 아침에 일어남을 나는 부지런한 사람이라고 생각하고 봉고차로 일터로 가는 과정을 호흡을 지켜보는 습관을 들입니다. 지금 일하는 처처에서 내가 이렇게 일할 수 있음에 먼저 감사한 생각을 갖고 살아있는 생명들을 존중하는 것을 배웁니다. 어디에 있든 우리는 다 동일한 인간이며 존중받아야 합니다. 그렇기 위해서 나를 공부해야 합니다. 나는 어떻게 존재하며 살아가는지를 물어야 합니다. 이것이 되면 지금에 감사하며 잘 살아가는 것입니다. 나는 지금 지극히 평범한 삶으로 이웃에게 도움이 되는 삶을 살아야겠다고 서원으로 마무리합니다.

　✿ 사유하기: 당신이 그 일을 하지 않는다면 그 누군가는 그 일을 하여야 합

니다. 지금 내가 하는 일이 자랑스럽고 감사하고 자연을 사랑하는 마음을 갖
춥니다.

✧ 운전하면서 하는 명상과 묵상

사실 운전을 하면서 지금 나를 들여다보는 시간은 과거에는 가능했
습니다. 요즘은 내비게이션의 음성 때문에 고요함의 명상은 찾을 수 없
지만, 움직이면서 하는 명상과 묵상의 시간이라고 하여도 말이 되는
시절이 되었습니다. 그만큼 남녀가 누구든지 운전하고 운전 시간을 맞
이하시는 분들이 많기에 어떻게 하면 안전운행을 하면서 그 시간도 유
익하게 즐길 수 있는지를 함께 사유하여 보겠습니다.

✔ 실습하기 1: 먼저 귀는 열어서 내비게이션에 집중합니다. 그렇고 그 멘
트를 듣는 데 집중합니다. 이제는 그것에 응하려는 손의 느낌에 집중합니
다. 운전대의 느낌을 알아차림하고 그것에 관한 판단을 내리지 않고 전방
을 주시하는 눈을 집중합니다. 지금 전방에 보이는 자동차의 좋고 나쁨에
비판단으로 그저 지켜보면서 전방을 주시하고 있는 나를 지켜봅니다. 듣고
보고 움직였지만, 나는 그 어떤 것에도 흔들리지 않고 그저 전방을 지켜보
고 있습니다. 주변에 아무리 자동차가 지나가도 나는 지금 흔들리지 않고
전방만 응시하고 있습니다. 움직임 속에 하는 명상과 묵상은 박진감이 넘
치고 더 고도의 집중력이 요구합니다. 이것이 명상과 묵상을 즐기면서 평

온한 마음을 가지는 힘인 것입니다. (신체는 움직이고 그 가운데 숨 쉬는 나를 지켜봅니다.)

✔ 실습하기 2: 지금 내가 앉아 있는 곳이 법당이고 교회이자 성당입니다. 창문을 닫으면 오롯한 내가 홀로 존재함을 인식합니다. 저 눈앞에 보이는 것에 보임으로 받아들이고 허리를 곧추세워서 들숨과 날숨의 숨 고르기를 하고 살며시 눈을 감습니다. 찰나에 평화가 찾아옵니다.
생각을 바꾸니 마음의 집중도가 높아짐을 알아차립니다. 이렇게 매일 반복하는 삶이지만 들숨과 날숨이 새롭듯이 나도 날마다 새롭게 태어나고 있었음을 인식하여 봅니다. 나의 평화를 지켜 가야겠습니다.

🖋 사유하기: 운전하는 그 자체가 명상과 묵상을 하고 계시는 것입니다. 일이라고 생각지 말고 생각을 바꾸면 나도 즐겁고 더 집중하여 안전운전을 할 수 있는 것이지요. 이러면 마음이 행복합니다.

✧ 용산 대통령 관저에서 하는 명상과 묵상

저 남산의 소나무도 이름을 붙이기 전에는 남산의 소나무가 아니었습니다. 마찬가지로 이름이 대통령이지 실상에서 보면 대통령이라고 할 것이 없습니다. 그렇지만 난 지금 대통령입니다. 좌복에 앉아 들숨과 날숨을 하면서 나의 몸과 의식을 텅빈 대나무가 되게 텅 비웁니다. 일체의 사념들이 오고 가도 그냥 지켜보면서 텅 빈 대나무가 되는 것은 오직 올라오는 사념들이 지나가게 내버려 두는 것입니다. 백성들은 대통령이 텅 빈 대나무가 되어 연주하는 줄 없는 거문고의 소리를 듣고 싶어 합니다. 이렇게 침묵으로 거른 소리는 사심이 들어가지 않기에 옳고 그름이 있을 수 없습니다. 절대 고독의 자리가 대통령입니다. 내가 텅 빈 대나무가 되어있지 않으면 벌어지는 일들에 사견이 붙습니다. 사물을 있는 그대로 바르게 보는 길은 늘 들숨과 날숨 속에서 깨어있어야 합니다. 때때로 천상의 음을 듣고 염하시면서 마음을 무심하게 두시면 직관력이 나와 어려운 국정에 번쩍이는 지혜가 드러납니다.

✔ 실습하기: 좌복에 앉으니 올라오는 사념들이 줄을 섰습니다. 천상의 음을 한 시간 정도 염하시면 그 들끓던 사념들이 정리되어 지금에 있게 합니다. 다시 들숨과 날숨의 숨 고르기를 평온하게 시작합니다. 바른 판단은 철저하게 나를 텅 빈 대나무처럼 속을 비웠을 때 드러나는 것입니다. 하여 나는 대통령도 아니고 오로지 좌복에 앉은 사람일 뿐입니다. 들어가는 숨과 나가는 숨이 평온해지니 내 마음도 평화롭습니다. 이렇게 염송하여 봅니다. 내가 지금 행복하듯이 국민도 행복하게 하겠습니다. "내 모습이 국민의 희망이 되게 해야겠습니다."라고 염송하고 자리에서 일어납니다.

◈ 국회에서 하는 분석 명상과 묵상

✔ 실습하기: 천상의 음을 들으면서 올라오는 사념들을 지켜봅니다. (마음을 무심하게 둠.) 좌복에 앉아 내 숨소리를 들어봅니다. 거친지 고요한지 아니면 숨소리조차 들리지 않는지를 느껴봅니다. 최대한 몸과 의식을 내려놓습니다. 나는 그 누구도 아닌 숨 쉬는 평범한 사람입니다. 들숨과 날숨의 숨 고르기를 하면서 나의 양심의 소리를 들어봅니다. 양심의 소리가 미약한지 강한지를 느껴봅니다.

이제 모든 생각을 멈추고 오직 들어가는 숨과 나가는 숨에 집중합니다. 잠시 깊이 들숨을 쉬고 멈추어서 그 느낌을 알아차림합니다. 숨이 멈추니 몸은 긴장하지만 고도의 집중의 상태가 됨을 처음 알아차렸습니다. 그리고 천천히 숨을 내쉬니 삶이 경이롭습니다. 조금 전의 그 멈춤의 상태를 다시 한 번 사유하여 봅니다. 그 선명한 알아차림의 의식 지금까지 살아오면서 처음 느껴보는 '그 멈춤의 알아차림' 비교적 짧았지만, 이 당 저 당이 없는 절대의 하나임을 새벽안개 속처럼 조금 맛을 느꼈습니다. 내가 누구인지도 모르고 이곳에서 목소리를 높인 것이 한없이 부끄럽습니다. 나의 평화를 처음으로 느껴 보았습니다.

내가 평화로워야 국민을 안내할 수가 있습니다. 내가 평화롭지 않고 나오는 소리는 공해임을 깊게 사유하면서 분석 명상에서 일어납니다.

  *이 천상의 음을 염송할 때는 불을 끄고 하는 것이 더 집중되고
  최소한 한 시간을 하여야 몸과 의식의 경안을 얻어 지혜를 얻을
  수 있습니다.

✧ 사업에 실패하여 희망을 잃었을 때 하는 명상과 묵상

　아마도 평소에 이런 명상과 묵상을 공부하였다면 이런 일을 겪었을 때 벗어날 방법을 찾을 수가 있지만, 대다수 사람들은 오로지 돈만 보고 달리다가 하루아침에 사업의 파산으로 하여금 받아들일 수 없는 시련을 겪고 있습니다. 어떻게 하여야 다시 희망을 되찾을 수 있을까요?

❤ 실습하기: 이왕 일어난 부분에 대하여는 힘들어도 받아들이는 것입니다. 이것 역시 조금의 시간과 아픔의 시간이 필요한 것입니다. 그런데 어느 정도 시간이 흘러도 그것에서 나오지 못할 때는 더 부정적인 생각으로 변할 수 있습니다. 거두절미하고 이참에 아파야 병원 가듯이 수련을 배우면 희망적인 삶을 스스로 만들어 낼 수가 있습니다. 이것이 전부가 아니고 살아가는 과정에서 한번 마주친 일을 통하여 디딤돌로 삼으면 약이 될 것입니다.

가슴이 답답하고 앉아 있는데 익숙하지 않을 때는 노래를 부릅니다. 바로 천상의 음을 마음에 드는 것 중 하나를 골라 하다 보면 원하지도 바라지도 않았던 일들이 내 안에서 일어납니다. 그것이 바로 환희심입니다. 명상과 묵상을 통하여 이런 환희심을 경험하면 하지 말라고 하여도 알아서 하는 것이지요.

그것은 우리의 근원을 건드려서 세포가 이완되기에 자동으로 나오는 결과입니다. 다 지나가는 법입니다. 더 큰 부자가 되기 위해 당신의 몸과 의식을 먼저 갖추라고 하는 경책이니 잘 받아들이고 이제는 틈만 나면 기도하는 삶과 명상과 묵상으로 내가 누구인지를 찾으면서 일하는 습관으로 바꾸는 것입니다. 잘할 수 있습니다.

✍ 1분 사유하기: 사랑이란 남을 아끼는 마음이며 배려하는 마음입니다. 좋은 면만 바라는 것이 아니라 상대의 모든 면을 끌어안은 마음입니다.

✧ 사랑하는 사람과 이별을 하였을 때 하는 명상과 묵상

지금쯤 당신의 마음이 평정심(좋지도 싫지도 않은 마음)으로 돌아왔을 때 이 글은 읽을 수 있는 여유가 있습니다. 어찌 되었든 만남에서 이별하고 본래의 나로 돌아옴에 차 한 잔을 같이 나눕니다. 그 허탈한 마음을 티 내지 않고 의식주는 해결하여야겠고 참으로 힘들었던 당신을 위로합니다. 떠나간 님 역시 당신 못지않게 힘든 시간은 마찬가지입니다. 이제 이별의 아픔을 겪어 보아야 사랑하는 마음이 깊고 넓어지고 상대의 한쪽을 보지 않고 전체를 바라보는 한마디로 균형 있게 바라보는 힘을 스스로 얻으셨습니다. 이제는 내가 왜 그와 함께하지 못함을 반드시 공부하여야 다음번에 그 누구를 더 자유롭게 대할 수가 있는 것이기에 그런 당신과 함께 차담을 이어가 봅니다.

첫째로 나는 그에게 바라는 마음이 너무도 강했습니다. 매사 그가 이렇게 하여 달라고 내 생각으로 요구하고 그는 마음이 편하지 않았다는 것입니다. 근데 우리는 늘 바라는 마음이 있는 한 괴로움은 따라옴을 명심하여야 합니다. 하여 바라는 마음이 없으면 괴로울 일이 없는 것임을 기억해야 합니다. 두 번째는 그와 나는 분명히 구조적으로 다릅니다. 우리는 서로 다름을 공부하지 않았기에 상대를 더 힘들게 하고 투정부리고 내 식대로 판단하였던 것입니다. 상대는 분명히 나와 다르다는 것을 수용하면 어떤 것도 인정하고 부드러워지는 법입니다.

이 두 가지가 인간관계의 핵심입니다. 거듭 나를 잘 갖추다 보면 항상 인연이 다가옵니다. 그러하니 어깨를 펴시고 평상시 명상과 묵상을 통하여 마음을 컨트롤하는 힘을 키우세요. 아픔만큼 성숙이 따라왔으니 괜찮습니다. 그러면 지혜도 함께할 것입니다. 사랑합니다.

✔ 실습하기: 들숨과 날숨은 서로서로 교차하며 상대를 인정하고 칭찬하여 주기에 24시간을 함께하여도 싫증 내지 않습니다. 그런 마음으로 좌복에 앉아 내 마음을 주시합니다. 바라는 마음이 있었음을 인정하고 내 마음의 아픔을 수용합니다. 인정하고 아픔을 수용하니 호흡이 한결 평온하여졌습니다. 이제 다시 자비의 옹달샘을 키우고자 나는 나 자신과 상대에게 더 친절을 베풀어야 함을 연습합니다. 어느새 내 마음 근육도 더 단단하여지고 있습니다.

이렇게 마무리합니다. 당신이 행복하기를, 당신이 고통에서 벗어나기를, 당신이 건강하기를, 당신이 평화와 기쁨으로 충만하기를.

✧ 스트레스를 받았을 때 하는 명상과 묵상

✔ 실습하기: 상대에게 마음에 상처를 받았을 때 응급처치는 조용한 곳에 기대어 앉는 것입니다. 반듯이 허리를 세우고 날숨을 먼저 두어 번 내 폐의 용량만큼 시원하게 토해냅니다.

들숨과 날숨을 번갈아 교차하며 화난 감정은 잠시 내려놓고 오직 호흡에만 집중하여 호흡하다 보면 상대에게 받았던 감정들이 어디에 있었던지 찾아볼 수가 없습니다. 정말 최고의 처방전입니다. 이렇게 짧은 명상과 묵상을 통하여 삶에 기적을 만나는 것입니다. 이것은 실전이며 무슨 약을 먹고 그런 것은 후자의 생각입니다. 숨만 쉴 수 있는 환경만 되시면 이렇게 행하시면 마음의 두려움과 괴로움에서 벗어날 수가 있습니다. 그래서 화는 고요함으로 치유함이 최고의 명약이고, 그것이 호흡입니다.

✧ 행복한 결혼 생활을 위하여 하는 명상과 묵상

결혼한다는 것은 홀로 선 둘이 하나의 하모니를 맞추면서 조화롭게 가는 길입니다. 근데 30년이 넘게 홀로 살다가 하나의 이불을 덮고 동행한다는 것은 수도자의 삶을 사는 것임을 인식해야 합니다. 그만큼 서로의 개성이 존재하고 정말 헌신과 존중의 마음이 내 마음속에 없다면 언제든지 이혼을 하는 게 오늘날 우리의 현실입니다. 하여 이글을 보시는 청춘의 사람들은 위에서 이야기한 남자와 여자가 다름을 인정하고 상대에게 바라는 마음을 갖지 않으면 이혼을 많이 줄일 수가 있습니다.

그리고 처음 연애할 때 그 좋았던 마음을 내가 지속하려는 마음의 자세가 필요합니다. 그것은 말로서 그렇게 쉽게 이어지지 못하기에 일상에서 늘 아침저녁으로 명상과 묵상을 하시는 습관을 가지셔야 합니다.

행복한 결혼은 꽃밭에 꽃을 가꾸는 것과 같습니다. 내가 꽃밭에 물을 주지 않고 관심을 가지지 않으면 꽃은 말라 죽습니다. 서로서로 상대에게 수직적인 관계보다 아주 다정한 친구가 되어 주는 것입니다. 이 지구촌에 내가 가장 사랑하는 친구가 지금 남편이자 아내여야 하고 내가 그를 위하여 나의 장기 하나를 그냥 줄 수 있는 그런 조건없는 사랑을 하셔야 합니다. 사랑은 정말 국경을 넘어 숭고하고 가장 아름다운 것입니다. 주변이 그러하다 세상이 그러하다고 적당히 만나서 결혼하려면 차라리 혼자서 사는 게 낫습니다. 내가 상대에게 헌신의 마음이 올라오지 않으면 아직 결혼할 때가 아닙니다. 여건이 열악하고 주변이 오로지 돈으로 해결하는 이런 시대에 걸맞지 않을 수도 있습니다.

세상은 늘 변하는 게 자연의 법칙입니다. 내가 세상을 따라가지 말고 세상이 나에게 맞추는 삶의 주인공이 되어야 합니다. 서로서로 존중의 말을 하면 그렇게 막 나가지 않습니다. 이런 작은 것이 아름다운 결혼을 만들어 가는 것입니다. 그리고 부부가 함께 명상과 묵상을 통하여 진정한 내면의 평화를 찾으시면 좀 부족하여도 섭섭하지 않고 지금 이대로 받아들이며 존재로 살아가는 삶의 기술이 나오는 법입니다. 지금 그는 나의 거울입니다. 내가 먼저 친절한 사람이 됩시다. 상대는 묻지 말고, 내가 할 일을 다할 때 상대는 결국 당신에게 용서를 구합니다. 둘 다 똑같아서 이혼하는 것입니다. 한 사람이라도 숨을 바로 쉬고 바람 없는 호흡의 덕을 우리가 알면 '예.' 할 일만 남았습니다. 힘내세요.

✧ 죽음 명상과 묵상

　나이가 들어도 도무지 명상과 묵상에 취미를 붙이지 못하는 사람들이 있습니다. 특히 경제적으로 넉넉하면 정신적인 삶의 중요성을 찾지 않는 게 인간의 속성입니다. 여하튼 각성을 어떻게 하여 주는가가 사람의 인생에 매우 중요합니다. 이런 경우는 좀 강력한 방법을 사용하여야 사람에 따라 감응이 아주 크게 가고 그렇지도 않은 사람이 있는 것은 당연하다고 받아들이는 게 맞습니다. 무엇이든지 다 때가 있습니다. 상대가 물어올 때 이런 이야기는 약이 되지만 전혀 무관심하고 그런 사람에게 죽음의 명상과 묵상을 이야기하는 것은 소용이 없습니다.

　그래도 우리가 할 수 있는 방법은 훨훨 타는 사람의 시신을 볼수 있는 환경으로 안내하는 것입니다. 스스로 그런 죽어가는 모습을 보고 무상함을 느끼지 못하면 약이 없습니다. 때를 기다리는 것입니다.

✧ 부부간이나 직장 동료 간에 언쟁하고 하는 명상과 묵상

부부간이나 직장 동료 간에 서로 언쟁을 하고 나니 마음이 불편하여 일이 안 될 때가 있습니다. 이럴 때 감정을 어떻게 극복해야 하는지요?

✔ 실습하기 1: 조용한 방이나 사무실에 앉아 일어난 부분은 인정하고 그 감정에서 나와 그 상황을 객관적으로 바라보는 시간을 가져봅니다. 어디에 앉든 좌정을 하고 들숨과 날숨에 집중합니다. 어느 정도 마음은 고요하여지고 호흡은 순일하여지면 집중을 풀고 호흡을 지켜봅니다.

그리고 깨어있음의 상태에서 지금 내 마음에서 그를 미워하고 화를 냈던 생각들이 올라오면 올라오는 대로 바라보고 지켜보되 말을 걸지 않습니다. 그리고 그 생각의 염체들을 자비의 마음을 담아 종이비행기 보내듯 봄바람에 보냅니다. 무엇이든지 바르게 보낸다는 것은 지금 내 마음속에 부정의 감정이 남아 있었기에 그런 조건과 상황이 되니 성난 모습으로 나왔기에 미안하고 참회의 자비심으로 보냅니다. (이럴 때 생각의 염체는 다시 오지 않는 법입니다.) 무엇이든지 릴렉스한 마음으로 보내줄 때 감사와 고마움이 돌아오는 것입니다. 이런 마음을 내면의 내 마음은 좀 봄비같이 촉촉해지며 건조하여도 비가 내리지 않습니다. 이런 마음속에 자비심이 생기면 내가 먼저 사과하고 다시 처음으로 그와 좋았던 감정을 키우고 부정적인 생각을 가지지 않습니다.

✔ 실습하기 2: 부부간의 언쟁은 서로 자기가 옳다고 하기에 다투기에 시

간이 좀 지난 후 상대의 잘못보다 나의 허물을 들여다보고 서로의 입장을 바꾸어서 마음 나누기를 하여 보면 좀 더 상대의 입장을 이해할 수가 있습니다. 그리고 서로 조금씩 양보를 하면 화해할 수 있습니다.

✧ 상대의 아픔을 공감하는 명상과 묵상

공감의 힘은 어디서 나오는 것일까요? 건성으로 대답하고 말로서 가볍게 이야기론 상대의 아픔에 공감하기는 역부족인 것입니다. 공감의 힘은 평온한 마음의 힘에서 시작되어 사물을 있는 그대로 바라보는 평등심에서 더 강화되는 것입니다. 지금 일어난 일에 집중력을 가지고 그 상황을 바르게 파악을 하여야 상대의 아픔에 진정 공감하는 마음으로 다가갈 수가 있는 것입니다. 상대의 아픔에 진정으로 공감하는 또 다른 요소는 자비심입니다. 자비심은 둘의 관계를 더 친밀하게 만듭니다.

✔ 실습하기: 마음의 근육을 강화하면 어려움의 상황에서도 흔들리지 않고 그 상황에서 벗어나려는 마음보단 지금 일어난 상황을 바르게 볼 수 있는 힘을 키웁니다. 늘 일상에서 자비심과 평등심, 사무량심의 명상과 묵상을 하시면 상대의 아픔을 공감하는 공감능력이 높아져 어디에서든 다 존경받는 사람이 될 수가 있습니다. 지금은 공감력이 필요한 시대입니다.

✧ 상처받은 마음 치유하기 명상과 묵상

사람이 셋이 모이면 하나는 상처를 받는다는 말은 지금도 유효합니다. 우리는 살아가면서 어떤 상황에서 상대든 아니면 스스로 마음의 상처를 받습니다. 그렇고 집으로 와서 엄한 소주만 마시면서 상대를 모함하고 평정심을 잃고 괴로움에서 벗어나지 못할 때가 있습니다. 상처 입은 마음 어떻게 치유할까요?

✔ 실습하기: 상처받은 일이 생기면 우선 천상 음을 몇 번 염송하고 스스로의 마음 처방전을 찾아내야 또다시 그런 상황이 왔을 때 유연하게 웃으면서 받아들이고 그 상황의 감정에 휩쓸리지 않습니다. 고요히 좌정하여 그 상황을 객관적으로 지켜봅니다. 매사 나의 입장에서 그 문제를 바라보면 바른 판단을 할 수가 없기에 항상 어떤 문제가 일어나면 한 발짝 물러서서 보는 습관이 중요합니다. 가만히 원인을 들여다보면 그 마음의 상처는 상대가 아닌 나의 욕심, 즉 바라는 마음이 있었다는 것입니다. 나의 마음 편하게 그가 움직여 주었다면 그런 마음의 상처는 발생하지 않았다고 생각하였던 것이 '상처받게 만든 원인'이 되는 것입니다. 상대는 아무런 문제가 없이 그 역할을 아주 잘했는데 내가 상대에게 이렇게 하여주었으면 하는 그 마음이 나를 힘들게 하였던 것입니다. 이런 상황을 겪고나 서 내 마음은 아픔만큼 반드시 성숙이 따라와야 합니다. 그렇기 위해서는 나의 마음속에 있었던 모순을 이번 기회에 확실히 보았기에 이제는 그런 실수를 범해지 말아야 합니다. 상처받은 마음의 상처는 반드시 다음번에 조건

이 되면 또 나올 수가 있습니다. 하여 근본적으로 천상의 음을 염송하여 세포에 입력된 초깃값을 리셋하여야 완전한 것입니다. 천상의 음은 우리에게 만병통치약입니다. 그리고 진정한 마음의 용서는 나에게 상처를 준 사람을 내가 용서할 때 시련과 사랑의 아픔은 줄어드는 것입니다.

🖋 사유하기: 마음은 세포의 운동이라고 앞에서 배웠습니다. 상처받은 마음의 파동은 찌그러져 우리의 뇌에 부정적인 파동으로 남아 있기에 천상의 음을 부르면 세포는 긍정적인 고운 파동으로 요동칩니다. 이렇기에 생명의 파동이라고 말하는 것입니다

🖋 1분 사유하기: 자신이 일으킨 자비심의 가장 큰 수혜자가 바로 자기 자신입니다.

✧ 자애 명상과 묵상

*자애심이란? 상대가 행복하기를 바라는 마음입니다.

*실습하기: 좌복에 앉아서 복식호흡을 합니다. 이 세상에서 내가 가장 사랑하는 사람을 떠올리며 그 사람을 관상합니다. 그 사람의 관계가 좋았던 점을 생생하게 그려보면 어느새 내 마음 속에 그 사람을 사랑하는 따뜻한 애정의 감정이 올라옵니다. 그 감정을 충분히 느끼고 두 손을 모아 소리 내어 이렇게 시 한 수를 그를 위해 낭송합니다.

당신이 행복하기를

당신이 고통에서 벗어나기를

당신이 건강하기를

당신이 평화와 기쁨으로 충만하기를

이렇게 몇 번이고 낭송하면서 자애심을 키웁니다. 이렇게 되면 사촌이 논을 사면 배 아픈 마음이 사라지고 축하한다는 말이 나옵니다. 이것이 아름다운 인간의 모습입니다. 우리 모두 다 이렇게 살아야겠습니다.

✧ 질투심을 없애는 자비 명상과 묵상

내가 만나는 사람에게 이렇게 말하여 봅니다. 우리 아들이 이번에 공무원 시험에 합격하였다고 말입니다. 그런데 어떤 사람은 내일같이 바로 축하한다는 말을 하는 사람이 있는가 하면 아무 말도 하지 않는 사람이 있습니다. 진정한 친구는 상대의 기쁨보단 아픔을 내 일같이 공감하고 나누려는 사람입니다. 그런 마음은 어디서 왔을까요? 본래 우리의 마음속에 이런 자비심이 있었지만 어려서부터 부모님으로부터 교육받아야 하는데 우리의 현실은 대입경쟁으로 시작되다 보니 자비심을 키우지 못했습니다. 그렇다 보니 늘 시기심과 질투심이 존재하기에 좀처럼 상대의 기쁨을 축하하여 주려는 마음이 우리에겐 많이 부족한 것이 사실입니다. 이참에 내 마음속에 미워하는 감정을 자비의 씨앗으로 심어 보겠습니다.

✔ 실습하기: 나는 과연 상대의 장점을 보고 칭찬하였는지를 사유합니다. 나는 상대가 잘되는 것에 질투심을 일으킨 것을 인정합니다. 상대의 기쁨에 나는 함께 나누지 못함을 인정합니다. 나와 생각이 다르다고 상대를 미워하고 욕한 것을 인정합니다. 나보다 공부를 많이 하였다고 상대에게 시기심을 일으킨 적을 인정합니다. 나보다 경제적으로 부유한 사람을 만나면 질투심과 투정 어린 마음을 낸 것을 인정합니다.

이런 시기와 질투로 상대에게 공감하지 못함을 인정합니다. 이런 감정들을 인식하고 내 마음에서 나에게 하는 용서로 그리고 상대에게 친절하겠다는 자비심으로 시기와 질투심을 치유합니다. 아픔은 사랑과 자비심으로 치유하여야지 상처와 분노를 만들지 않습니다. 이제 상대의 오직 장점만 보겠습니다. 다시 눈을 감고 시기와 질투를 내었던 사람들에게 용서를 구하고 좀 더 따뜻하고 친절한 사람이 되고자 시 한 수를 낭송합니다.

모든 존재가 고통에서 벗어나기를
모든 존재가 고통과 슬픔에서 벗어나기를
모든 존재가 불안과 두려움에서 벗어나기를
모든 존재가 평화와 기쁨으로 충만하기를

✧ 평등심 명상과 묵상

　우리가 일상의 삶에서 행복과 내면의 평화를 회복하려면 우리의 마음의 밭에 항상 도사리고 있는 시기와 질투, 부정적인 감정들에 대하여 늘 알아차림의 힘을 강화하여 평정심을 유지해야 합니다. 오늘날 우리에게 가장 필요한 것이 평등심일 것입니다. 이것이 있어야 상대에 대한 공감력과 유대감을 이어가고 모든 생명에 대하여 차별 심을 내려놓아야 합니다.

　평소 우리 마음은 나에게 가까운 사람에게 집착하고 내가 싫어하는 사람은 미워하고 증오하는 마음을 가지고 있습니다. 이제 그런 마음의 균형을 잡기 위한 실습을 하여 보겠습니다.

✔ 실습하기: 첫째로 나에게 아무런 관심이 없는 중립적인 사람에게 평등심을 냅니다. 두 번째로 내가 지금 가족이나 기타 사람에게 애착과 집착을 내는 사람에게 평등심을 냅니다. 세 번째로 내가 미워하고 증오하는 내가 적이라고 생각하는 사람에게도 평등심을 일으킵니다. 그리고 이렇게 되뇌며 마무리합니다. 모든 존재는 고통에서 벗어나 행복하기를 원하듯이 우리모두는 동일한 인간입니다. 매일매일 반복하다 보면 내 마음 그릇이 향상됩니다.

쉬어가는 오두막

고양이가 쥐를 잡는 광경을 본 적이 있습니다. 어쩌다 쥐를 놓치고 돌담으로 들어간 쥐를 나오기를 기다리는 자세는 허리를 날카롭게 세우고 앞발은 낮추고 꼬리를 세워 아주 민첩한 자세를 취하고 정말 요지부동하는 자세로 그대로 서 있습니다. 또 황새가 물고기를 잡으려고 물살이 샌 곳에서 초고도의 집중력으로 움직이지 않고 서 있는 모습들이 우리가 명상과 묵상을 하는 자세의 본보기를 보여주고 있습니다. 집중에는 그 즐거움이 따릅니다. 시원한 수박 한 덩어리를 평상에서 썰어 여러분들과 함께 나눕니다. 그 넉넉하고 후덕한 마음으로 다시 자운대 길을 걸어봅니다.

내면 평화는 내가 나에게 주는 최고의 선물이다

✧ 평화로움 지금 여기서 느껴보기

분별을 내려놓으면 난 엄청 행복한 사람입니다. 사랑하는 사람을 볼 수 있는 눈과 사랑하는 아이의 소리를 들을 수 있는 귀와 따뜻한 말을 할 수 있는 입을 가지고 있습니다. 그리고 지금 걸을 수 있는 두 다리가 내게 있음만으로 나는 행복한 사람인데도 나는 내게 이런 시간이 주어진 고마움을 모르고 살았습니다. 늘 소유로 행복함이 전부인 줄 알았지만 그다지 나를 행복하게 하여주지 못하였습니다. 겨울 산을 바라보며 그 침묵의 여백이 주는 풍미를 백발의 나이가 들어가서야 이제 겨우 눈이 떠졌습니다. 내 숨소리가 고요해져야 나의 평화의 종소리를 들을 수 있어서 이제 인생의 멋을 찾았습니다. 내가 고요하니 보고 들리는 것이 다 아름답습니다. 남녘의 봄소식을 기다리니 내일이 기다려집니다.

✔ 실습하기 1: 따뜻한 커피 한 잔의 머그잔을 두 손으로 감싸고 그 향기를 느껴봅니다. 그리고 살짝만 잎에 넣어 그 향기를 음미하면서 그 따스함의 평온을 가슴으로 느껴봅니다. 이 작은 일상이 주는 그 멋을 바르게 향유하지 못하였습니다. 그렇습니다. 평화로움은 만드는 것이 아닌 지금 내 마음에서 늘 존재하고 있었고, 한가로운 마음이 함께하니 드러나는 것이었습니다. 겨울날 따뜻한 햇살을 마중하는 작은 행복이 내게는 평화로운 순간입니다.

✔ 실습하기 2: 그냥 이대로 숨 쉬고 존재함을 느낍니다. 아무것도 필요치 않습니다.

✧ 명상과 묵상하는 동안 뇌를 휴식하기

사실 바쁜 현대인들의 뇌는 휴식할 시간이 없습니다. 이 말이 사실인지는 우리 스스로를 양심껏 들여다보시면 답이 나옵니다. 물론 잠을 잘 때는 100% 뇌가 휴면상태이지만 일상에서 일하며 중간중간 뇌를 휴식하여주면 더 활기찬 능력이 나올 수 있다고 생각합니다. 이것은 좀 짧게 하는 것을 원칙으로 합니다. 가벼운 복식호흡에서 심신의 경안을 얻는 게 목적이니 가볍게 명상과 묵상의 시간을 통하여 뇌를 휴식하는 시간을 추천드립니다.

✔ 실습하기: 복식호흡을 하면서 지금 하시는 일을 잠시 저 강물에 흘러가게 합니다. 그저 뇌가 휴면상태로 최대한 몸과 의식을 의도적인 생각을 이완시킵니다. 그리고 그냥 쉬십시오. 잠시 멍 때리는 것처럼. 몸이 가는 대로 의식이 가는 대로 사념을 내려놓고 뇌가 백지상태가 되게 텅 비웁니다. 그리고 가볍게 기지개를 켜고 도리도리를 가볍게 하시면 뇌의 척수액이 움직여 뇌가 상쾌하여집니다. 스트레칭을 하고 복식호흡을 몇 번 자연스럽게 하시고 다시 하시던 일을 더 세밀하게 객관적으로 응시합니다.

✧ 내면의 평화는 내가 나에게 주는 최고의 선물

이 말에 공감하기까지는 좀 시간이 필요로 함이 사실이지만 지금부터 천천히 행하시다 보면 그 즐거움을 스스로 인정할 것입니다. 하루의 시작을 더 기대감과 설렘으로 만들어 주고 일상에서 만나는 사람들을 그래도 용량껏 친절하게 대할 수 있는 힘의 원천은 나를 사랑하는 시간에서 나오는 것입니다. 그것이 그렇게 표는 나지는 않지만 어려운 상황을 만났을 때와 일상의 권태가 찾아왔을 때 내가 나를 의지하게 하며 방황하지 않고 일어난 일에 냉정히 바라볼 수 있는 힘도 여기에서 나오는 것입니다. 나를 지탱하는 힘은 돈도 권력도 아니며 작은 침묵으로 나를 바라본 그 명상과 묵상의 시간들이 지금 나를 만들어 가고 있습니다. 다른 것은 다 떠나가도 나를 지키며 나를 안내할 수 있는 친구가 이 기도의 시간이었습니다.

물론 기도가 밥을 먹여주는 것은 아니지만, 일상의 삶을 균형 있게 만들어 주는 것을 우리는 지나온 삶에서 배웠습니다. 주변의 가상 유혹에도 듬직하게 한길을 걸어가게 하며 지나친 욕심과 성냄은 우리를 다치게 한다는 늘 양심의 소리를 들려주게 하는 옹달샘을 지니고 살 수 있어서 감사할 따름입니다. 이처럼 내면의 평화를 회복하는 길은 우리의 인생에서 가장 값진 일이며 내가 나에게 선물하는 최고의 선물입니다.

✧ 다시 내면으로 주의력을 거둬들이기

내가 하는 일은 최첨단의 일을 하여도 저녁에 퇴근하면 아날로그의 삶이 지금 나의 삶을 더 활기차게 하곤 합니다. 이것은 바로 나무의 뿌리를 튼튼하게 하는 것이며 내가 나답게 살아갈 수 있게 하는 원천적인 힘이었습니다. 그것은 바로 나에게 하는 명상과 묵상의 시간이었습니다. 이 내면을 들여다보는 즐거움이 쌓여 결국은 어떤 일도 예하고 해낼 수 있는 긍정의 힘은 나와 우리 모두에게 희망이었습니다. 그만큼 내면을 관찰하는 힘은 삶을 더 애틋하게 살게 합니다.

✧ 용서하기

내가 나를 용서한다는 것 조금은 색다르게 들릴 수 있습니다. 그래서 얼음장 속을 뚫고 올라오는 복수 초를 우리는 귀하게 바라봅니다. 그런 시선과 감정으로 스스로를 살펴봅니다. 난 지금 누구를 미워하고 심지어 모순이 있다 하여 나 자신에까지 실망하지는 않았는지 말입니다. 모순이 있든 없든 나를 한 번 더 희망과 용기를 주고자 자신을 용서하기를 하여 봅니다.

✔ 실습하기: 먼저 내 마음속에 나를 얼마나 용서하고 받아들이고 잘하고 있어 하는 자비심이 있는지를 적어봅니다. 그 자비심이 작다고 생각하

면 호흡을 한번 크게 심호흡을 하여 봅니다. 그러면서 이렇게 생각합니다. 나는 어떻게 존재하는지를 묻습니다. '공기가 없으면 나는 존재할 수가 없기에 나는 주변의 도움으로 살아가고 있구나.' 하는 생각에서 '내가 돌봐야 한다는' 대비심을 내어 봅니다. 이런 마음에서는 나의 허물은 용서로 받아들이고 상대 역시 이해와 용서가 나오는 법입니다. 나를 인정하고 용서하면 나에게 아픔을 준 사람도 용서할 수가 있습니다.

이것을 분명히 알아야 합니다. '상처를 안고 있으면 있을수록' 미움을 안고 있으면 있을수록 '삶은 나아지지 않고 나만 힘들어진다는 것'입니다. 결국, 용서하지 않으면 나만 힘든 것입니다. 우리 모두 허물은 들어내고 마음의 선업을 짓고자 나와 상대를 용서합시다.

✧ 우리 내면에서 자비의 옹달샘이 마르지 않게 하자

젊어서는 아이들을 키우느라 정신없이 살았고 그렇다 보니 어느새 중년의 나이가 들었습니다. 한평생 남편을 바라보며 살았는데 진작에 내 마음속에 찾아오는 공허감과 배신감 그리고 속았다는 그런 허탈감이 나를 힘들게 합니다. 왜 이런 마음이 들고 어떻게 하여야 할까요?

✔ 실습하기: 맞습니다. 아이들 잘 키우고 남편 뒷바라지 잘하시고 정말 일등 부인이었습니다. 그런데 제일 중요한 것을 묻지를 않았습니다. 내가 누구인지 질문하지 않으니 당연히 찾아오는 손님 같은 것입니다. 내가 누

구인지를 질문하고 나는 어떻게 존재하는지를 묻고 답을 찾아야 합니다. 그리고 이제는 내 마음속에 자비의 옹달샘이 콸콸 나오게 자비심을 키워야 합니다.

내 마음속에 자비심이 메마르면 삶은 허탈하고 무기력하고 삶의 용기를 잃게 되는 게 우리의 현실입니다. 우선 나를 사랑하는 자애심을 키우고 다음에 자비심으로 이웃에게 시선을 돌려 공감과 유대감을 회복하여 삶은 정말 감동임을 다시 한 번 일어나야 합니다. 누구에게나 오는 이런 삶의 권태를 자비심의 옹달샘이 나오면 나도 먹고 나눌 수 있습니다

✧ 내적인 평화는 두려움을 이긴다

여기 산골에서 그저 눈만 뜨면 아침 해가 솟아오르는 광경을 기다리고 겨울 산을 바라보며 숭늉 한 사발을 들고 행복해하는 사람이 있습니다. 그는 배운 것은 부족하여도 늘 책을 읽고 산책을 하며 적어도 시 한 수를 나눌 수 있는 그런 여백을 가진 사람입니다. 늘 그와 통화를 하고 나면 내 마음속도 축축하여 메마르지 않고 늘 삶을 감동의 삶으로 살게 하는 에너지를 받습니다. 그만큼 그는 보이차 한 잔으로 겨울 산과 교감하는 내면의 평화가 있다 보니 늘 넉넉하고 충만하고 겸손한 사람입니다. 안으로 충만해야 시끄럽지 않고 고요함의 극치는 진동하는 것임을 그에게서 배웁니다.

✧ 두려움 없이 사는 법

'오늘 지구가 멸망한다고 하면 과연 사과나무 한 그루를 심을 수가 있 겠습니까?'라고 묻는다면 이 글을 읽고 난 여러분은 과연 어떤 결정 이 내려질지 저 역시 궁금합니다. 물론 저는 당연히 사과나무를 심고 갈 것입니다. 지구가 사라졌는데 과연 사과나무가 존속할지는 몰라도 지금껏 사과나무의 도움으로 감사하게 살았으니 마땅히 사과나무를 심을 수 있는 마음의 여유가 있습니다. 이와 마찬가지로 우리가 살아가 는 삶에 두려움은 외부에서 오는 것이 아닌 지금 내 생각의 감정들이 지금 만들고 있다는 것입니다. 본래 우리의 마음은 수정같이 맑았고 바다 같이 넓었는데 생각 감정에 속아서 끝없는 분별심이 존재하니 마 음의 여유가 없는 것입니다.

내가 누구인지를 알고 내 마음속에 마음의 평화가 있으면 눈앞에 펼 쳐지는 일들에 대하여 초연하게 받아들일 수가 있고 그 상황에 끌려가 지 않습니다. 더 나아가서 그것을 지켜볼 수 있는 마음의 여유로움이 나오는 법입니다. 그리고 그 상황을 있는 그대로 바라보는 힘이 있을 때 우리는 두려움 없이 살 수가 있습니다. 두려움은 본래 없는 것입니다. 다 우리가 생각으로 지금 만드는 것이며, 궁극에는 내면의 평화만이 충 만한 것이지요. '예.' 하고 말하는 순간, 아무것도 존재하지 않습니다. 읽 어주셔서 감사합니다.

내면 평화는
내가 나에게 주는
최고의 선물이다

펴 낸 날　2024년 4월 30일

지 은 이　김형식
펴 낸 이　이기성
기획편집　이지희, 윤가영, 서해주
표지디자인　이지희
책임마케팅　강보현, 김성욱
펴 낸 곳　도서출판 생각나눔
출판등록　제 2018-000288호
주　　소　경기 고양시 덕양구 청초로 66, 덕은리버워크 B동 1708호, 1709호
전　　화　02-325-5100
팩　　스　02-325-5101
홈페이지　www. 생각나눔.kr
이 메 일　bookmain@think-book.com

• 책값은 표지 뒷면에 표기되어 있습니다.
  ISBN 979-11-7048-693-0(03810)